YASMINA KHADRA

Yasmina Khadra, de son vrai nom Mohammed Moulessehoul, est né en 1955 dans le Sahara algérien. Il est aujourd'hui connu et salué dans le monde entier où ses romans, notamment *À quoi rêvent les loups*, *L'écrivain*, *L'imposture des mots*, *Cousine K* sont traduits dans 22 pays.

Les Hirondelles de Kaboul et *L'attentat* sont les deux premiers volumes d'une trilogie consacrée au dialogue de sourds qui oppose l'Orient et l'Occident et qui s'achève avec la parution des *Sirènes de Bagdad* (Julliard, 2006).

L'attentat a reçu le prix des libraires 2006, le Prix Tropiques 2006, le Grand Prix des lectrices *Côté Femme*, le prix littéraire des lycéens et apprentis de Bourgogne ainsi que le prix des lecteurs du *Télégramme* et est actuellement en cours d'adaptation cinématographique aux États-Unis.

Le Prix Nobel J.M. Coetzee voit en cet écrivain prolifique un romancier de premier ordre.

LES HIRONDELLES
DE KABOUL

YASMINA KHADRA

LES HIRONDELLES DE KABOUL

JULLIARD

Le papier de cet ouvrage est composé de fibres naturelles, renouvelables, recyclables et fabriquées à partir de bois provenant de forêts plantées et cultivées durablement pour la fabrication du papier.

© Éditions Julliard, Paris, 2002
ISBN 978-2-266-13475-0

Au diable vauvert, une tornade déploie sa robe à falbalas dans la danse grand-guignolesque d'une sorcière en transe ; son hystérie ne parvient même pas à épousseter les deux palmiers calcifiés dressés dans le ciel comme les bras d'un supplicié. Une chaleur caniculaire a résorbé les hypothétiques bouffées d'air que la nuit, dans la débâcle de sa retraite, avait omis d'emporter. Depuis la fin de la matinée, pas un rapace n'a rassemblé assez de motivation pour survoler ses proies. Les bergers, qui, d'habitude, poussaient leurs maigres troupeaux jusqu'au pied des collines, ont disparu. À des lieues à la ronde, hormis les quelques sentinelles tapies dans leurs miradors rudimentaires, pas âme qui vive. Un silence mortel accompagne la déréliction à perte de vue.

Les terres afghanes ne sont que champs de bataille, arènes et cimetières. Les prières s'émiettent dans la furie des mitrailles, les loups hurlent chaque soir à la mort, et le vent, lorsqu'il se lève, livre la complainte des mendiants au croassement des corbeaux.

Tout paraît embrasé, fossilisé, foudroyé par un sortilège innommable. Le racloir de l'érosion gratte, désincruste, débourre, pave le sol nécrotique, érigeant en toute impunité les stèles de sa force tranquille. Puis, sans préavis, au pied des montagnes rageusement épilées par le souffle des fournaises, surgit Kaboul... ou bien ce qu'il en reste : une ville en état de décomposition avancée.

Plus rien ne sera comme avant, semblent dire les

routes crevassées, les collines teigneuses, l'horizon chauffé à blanc et le cliquetis des culasses. La ruine des remparts a atteint les âmes. La poussière a terrassé les vergers, aveuglé les regards et cimenté les esprits. Par endroits, le bourdonnement des mouches et la puanteur des bêtes crevées ajoutent à la désolation quelque chose d'irréversible. On dirait que le monde est en train de pourrir, que sa gangrène a choisi de se développer à partir d'*ici*, dans le Pashtoun, tandis que la désertification poursuit ses implacables reptations à travers la conscience des hommes, et leurs mentalités.

Personne ne croit au miracle des pluies, aux féeries du printemps, encore moins aux aurores d'un lendemain clément. Les hommes sont devenus fous ; ils ont tourné le dos au jour pour faire face à la nuit. Les saints patrons ont été destitués. Les prophètes sont morts et leurs fantômes crucifiés sur le front des enfants...

Et pourtant, c'est ici aussi, dans le mutisme des rocailles et le silence des tombes, parmi la sécheresse des sols et l'aridité des cœurs, qu'est née notre histoire comme éclôt le nénuphar sur les eaux croupissantes du marais.

1

Atiq Shaukat abat sa cravache autour de lui pour se frayer un passage dans la foule loqueteuse qui tourbillonne, telle une nuée de feuilles mortes, parmi les étals du marché. Il est en retard, mais impossible d'avancer plus vite. On se croirait dans une ruche ; les coups qu'il assène à plate couture n'interpellent personne. C'est le jour du souk, et les gens sont comme dans un état second. Atiq en a la tête qui tourne. Les mendiants rappliquent des quatre coins de la ville, par vagues de plus en plus importantes, disputant les hypothétiques espaces libres aux charretiers et aux badauds. Les effluves des portefaix et les exhalaisons des produits avariés remplissent l'air d'une odeur épouvantable tandis qu'une chaleur implacable écrase l'esplanade. Quelques femmes fantomatiques, interdites derrière leur tchadri crasseux, s'accrochent aux passants, la main suppliante, ramassant au passage qui une pièce de monnaie, qui une imprécation. Souvent, lorsqu'elles s'obstinent, une lanière excédée les rejette en arrière. Le temps d'un repli de courte durée, elles reviennent à l'assaut en psalmodiant d'insoutenables suppliques. D'autres, encombrées de marmaille aux narines effervescentes de mouches, s'agglutinent désespérément autour des marchands de fruits, guettant, entre deux litanies, une tomate ou un oignon pourris qu'un client vigilant aurait décelé au fond de son panier.

— Ne restez pas là, leur crie un vendeur en agitant furieusement une longue perche par-dessus les têtes, vous attirez la poisse et toutes sortes de bestioles sur mon stand.

Atiq Shaukat consulte sa montre. Ses mâchoires se crispent de colère. Le bourreau doit être arrivé depuis une bonne dizaine de minutes, et lui, il traîne encore dans les rues. Exaspéré, il se remet à cogner pour disperser les flots humains, s'acharne inutilement sur un groupe de vieillards aussi insensibles à ses coups de martinet qu'aux sanglots d'une fillette égarée dans la cohue puis, profitant d'une brèche occasionnée par le passage d'un camion, il parvient à se faufiler jusqu'à une ruelle moins agitée et se dépêche en boitillant vers une bâtisse étrangement debout au milieu des décombres alentour. Il s'agit d'un vieux dispensaire désaffecté, depuis longtemps pillé par des esprits frappeurs, et que les taliban utilisent parfois comme maison d'arrêt occasionnelle lorsqu'une exécution publique est prévue dans le quartier.

— Mais où étais-tu passé ? tonitrue un barbu en tripotant sa kalachnikov. Ça fait une heure que j'ai envoyé quelqu'un te chercher.

— Je te demande pardon, Qassim Abdul Jabbar, dit Atiq sans s'arrêter, je n'étais pas à la maison.

Puis, d'une voix irritée, il ajoute :

— J'étais à l'hôpital. J'ai dû évacuer d'urgence mon épouse.

Qassim Abdul Jabbar grogne, nullement convaincu et, le doigt sur le cadran de sa montre, il lui signifie qu'à cause de lui tout le monde s'impatiente. Atiq rentre le cou et se dirige sur la bâtisse où des hommes armés l'attendent, accroupis de part et d'autre du portail. L'un d'eux se redresse en époussetant son postérieur, va vers une camionnette débâchée garée à une vingtaine de mètres, saute à l'intérieur de la cabine, fait rugir le moteur et vient, en marche arrière, se ranger devant l'entrée de la prison.

Atiq Shaukat extirpe un trousseau de clefs de sous son long gilet et s'engouffre dans la geôle, suivi de près par deux miliciennes emmitouflées dans des tchadri. Dans un coin de la cellule, juste là où une lucarne déverse une flaque de lumière, une femme voilée finit de prier. Les deux miliciennes invitent le gardien à se retirer. Une fois seules, elles attendent que la prisonnière se relève pour la rejoindre et, sans ménagement, elles lui ordonnent de se tenir droite et entreprennent de lui ligoter sévèrement les bras et les cuisses puis, après avoir vérifié que les cordelettes étaient bien tendues, elles lui enroulent un grand sac en toile autour du corps et la poussent devant elles dans le corridor. Atiq, qui attendait dans l'embrasure du portail, signale à Qassim Abdul Jabbar que les miliciennes arrivent. Ce dernier demande aux hommes dans la cour de s'écarter. Intrigués, quelques passants se rassemblent en face de la bâtisse, en silence. Les deux miliciennes sortent dans la rue, saisissent la prisonnière par les aisselles, l'entassent sur la banquette arrière de la camionnette et s'installent étroitement à ses côtés.

Abdul Jabbar relève la ridelle de la voiture et rabat les loquets. Après un dernier regard sur les deux miliciennes et la prisonnière pour s'assurer que tout est au mieux, il grimpe à côté du conducteur et donne un coup de crosse sur le plancher pour ouvrir la marche. Aussitôt, la camionnette démarre, escortée par un gros 4×4 surmonté d'un gyrophare et chargé de miliciens débraillés.

Mohsen Ramat hésite longtemps avant de se décider à rejoindre l'attroupement sur la place. On a annoncé l'exécution publique d'une prostituée. Elle sera lapidée. Quelques heures auparavant, des ouvriers sont venus décharger des brouettes remplies de cailloux à l'endroit de la mise à mort et ont creusé un petit fossé d'une cinquantaine de centimètres de profondeur.

Mohsen a assisté à plusieurs lynchages de cette nature. Hier seulement, deux hommes, dont l'un à peine adolescent, ont été pendus au bout d'un camion-grue pour n'être décrochés qu'à la tombée de la nuit. Mohsen déteste les exécutions publiques. Elles lui font prendre conscience de sa fragilité, aggrave les perspectives de sa finitude ; d'un coup, il découvre la futilité des choses et des êtres et plus rien ne le réconcilie avec ses certitudes d'antan quand il ne levait les yeux sur l'horizon que pour le réclamer. La première fois qu'il avait assisté à une mise à mort – c'était l'égorgement d'un meurtrier par un proche de sa victime –, il en avait été malade. Plusieurs nuits durant, ses sommeils fulguraient de visions cauchemardesques. Souvent, il se réveillait en hurlant plus fort qu'un possédé. Puis, au fur et à mesure que les jours consolident leurs écha-fauds et cultivent leur cheptel expiatoire au point que les gens de Kaboul s'angoissent à l'idée qu'une exécu-tion soit reportée, Mohsen a cessé de rêver. Sa conscience s'est éteinte. Il s'assoupit dès qu'il ferme les yeux et ne ressuscite qu'au matin, la tête aussi vide qu'une cruche. La mort, pour lui et pour les autres, n'est qu'une banalité. D'ailleurs, tout est banalité. Hor-mis les exécutions qui réconfortent les survivants chaque fois que les mollahs balaient devant leur porte, il n'y a rien. Kaboul est devenue l'antichambre de l'au-delà. Une antichambre obscure où les repères sont fal-sifiés ; un calvaire pudibond ; une insoutenable latence observée dans la plus stricte intimité.

Mohsen ne sait pas où aller ni quoi faire de son oisiveté. Depuis le matin, il n'arrête pas de flâner à travers les faubourgs dévastés, l'esprit vacillant, la mine inexpressive. Avant, c'est-à-dire il y a plusieurs années-lumière, il aimait se promener, le soir, sur les boulevards de Kaboul. À l'époque, les devantures de magasin n'avaient pas grand-chose à proposer, mais personne ne venait vous cingler la figure avec sa cravache. Les gens vaquaient à leurs occupations avec suffisamment de motivations pour concevoir, dans leurs délires, des projets mirobolants. Les échoppes étaient pleines à craquer ; leur brouhaha se déversait sur les trottoirs telle une coulée de bonhomie. Entassés dans des chaises en osier, les vieillards tétaient leur pipe à eau, l'œil plissé par un rayon de soleil, l'éventail négligemment posé sur le ventre. Et les femmes, malgré leur voile grillagé, pirouettaient dans leur parfum comme des bouffées de chaleur. Les caravaniers de jadis certifiaient que nulle part, au cours de leurs pérégrinations, ils n'avaient rencontré des houris aussi fascinantes. Vestales impénétrables, leurs rires étaient un chant, leur grâce un fantasme. C'est pour cette raison que le port du tchadri est devenu une nécessité ; il consiste plus à les préserver du mauvais œil qu'à épargner aux hommes des sortilèges démesurés... Qu'il est loin, ce temps. Relèverait-il d'une pure fabulation ? Désormais, les boulevards de Kaboul ne divertissent plus. Les façades décharnées, qui tiennent encore debout par on ne sait quel miracle, attestent que les estaminets, les gargotes, les maisons et les édifices sont partis en fumée. La chaussée, auparavant bitumée, n'est que sentiers battus que les sandales et les sabots raclent à longueur de journée. Les boutiquiers ont mis leur sourire au placard. Les fumeurs de *tchelam* se sont volatilisés. Les hommes se sont retranchés derrière les ombres chinoises et les femmes, momifiées dans des suaires couleur de frayeur ou de fièvre, sont absolument anonymes.

Mohsen avait dix ans, avant l'invasion soviétique ; un âge où l'on ne comprend pas pourquoi, subitement, les jardins sont désertés et les jours aussi dangereux que les nuits ; un âge où l'on ignore surtout qu'un malheur est vite arrivé. Son père était négociant prospère. Ils habitaient une grande demeure en plein centre-ville et recevaient régulièrement des parents ou des amis. Mohsen ne se souvient pas assez de cette époque, mais il est certain que son bonheur était plein, que rien ne contestait ses éclats de rire ou condamnait ses caprices d'enfant gâté. Puis, il y a eu cette déferlante russe, avec son armada de fin du monde et son gigantisme conquérant. Le ciel afghan, où se tissaient les plus belles idylles de la terre, se couvrit soudain de rapaces blindés : sa limpidité azurée fut zébrée de traînées de poudre et les hirondelles effarouchées se dispersèrent dans le ballet des missiles. La guerre était là. Elle venait de se trouver une patrie...

Un klaxon le projette sur le côté. Il porte instinctivement son chèche à sa figure pour se protéger contre la poussière. La camionnette d'Abdul Jabbar l'effleure, manque de renverser un muletier et fonce sur la place, suivie de près par le puissant 4 × 4. À la vue du cortège, une clameur incongrue secoue l'attroupement où des adultes hirsutes disputent les premières loges à des gamins faunesques. Les miliciens doivent distribuer des coups à bras raccourcis pour calmer les esprits.

Le véhicule s'arrête devant le fossé fraîchement creusé. On fait descendre la pécheresse tandis que des invectives fusent çà et là. De nouveau, les remous reviennent molester les rangs, catapultant les moins vigilants vers l'arrière.

Insensible aux coups de boutoir qui tentent de l'éjecter, Mohsen profite des brèches que l'agitation taille dans la cohue pour gagner les premiers rangs. En se dressant sur la pointe des pieds, il voit un colossal énergumène « planter » la femme impure dans le fossé, la recouvrir de terre jusqu'aux cuisses de façon à la maintenir droite et à l'empêcher de bouger.

Un mollah jette les pans de son burnous par-dessus les épaules, toise une dernière fois le fatras de voiles sous lequel un être se prépare à périr et tonne :

— Des êtres ont choisi de patauger dans la fange comme des porcs. Pourtant, ils ont eu connaissance du Message, ont appris les méfaits des tentations mais n'ont pas développé suffisamment de foi pour leur résister. Des êtres misérables, aveugles et futiles ont préféré un instant de débauche, aussi éphémère que dérisoire, aux jardins éternels. Ils ont retiré leurs doigts de l'eau lustrale des ablutions pour les plonger dans les rinçures, se sont bouché les oreilles à l'appel du muezzin pour n'écouter que les grivoiseries de Satan, ont accepté de subir la colère de Dieu plutôt que de s'en abstenir. Que leur dire, sinon notre chagrin et notre indignation ?... (Son bras se tend comme un glaive vers la momie.) Cette femme n'ignorait rien de ce qu'elle faisait. L'ivresse de la fornication l'a détournée de la voie du Seigneur. Aujourd'hui, c'est le Seigneur qui lui tourne le dos. Elle n'a droit ni à sa miséricorde ni à la pitié des croyants. Elle va mourir dans le déshonneur comme elle y a vécu.

Il se tait pour se racler la gorge, déplie une feuille de papier dans un silence assourdissant.

— *Allahou aqbar !* s'écrie-t-on au fond de la foule.

Le mollah lève une main majestueuse pour apaiser le hurleur. Après la récitation d'un verset coranique, il lit quelque chose qui ressemble à une sentence, remet la feuille de papier dans une poche intérieure de son gilet et, au bout d'une brève méditation, il invite la foule à s'armer de pierres. C'est le signal. Dans une ruée indescriptible, les gens se jettent sur les monceaux de cailloux que l'on avait intentionnellement disposés sur la place quelques heures plus tôt. Aussitôt, un

15

déluge de projectiles s'abat sur la suppliciée qui, bâillonnée, vibre sous la furie des impacts sans un cri. Mohsen ramasse trois pierres et les lance sur la cible. Les deux premières se perdent à cause de la frénésie alentour mais, à la troisième tentative, il atteint la victime en pleine tête et voit, avec une insondable jubilation, une tache rouge éclore à l'endroit où il l'a touchée. Au bout d'une minute, ensanglantée et brisée, la suppliciée s'écroule et ne bouge plus. Sa raideur galvanise davantage les lapideurs qui, les yeux révulsés et la bouche salivante, redoublent de férocité comme s'ils cherchaient à la ressusciter pour prolonger son supplice. Dans leur hystérie collective, persuadés d'exorciser leurs démons à travers ceux du succube, d'aucuns ne se rendent pas compte que le corps criblé de partout ne répond plus aux agressions, que la femme immolée gît sans vie, à moitié ensevelie, tel un sac d'horreur jeté aux vautours.

2

Atiq Shaukat ne se sent pas bien. Le besoin de sortir prendre l'air, de s'étendre sur un muret, face au soleil, le malmène. Il ne peut pas rester une minute de plus dans ce trou à rat, à soliloquer ou à essayer de déchiffrer les arabesques qui s'entrelacent inextricablement sur les murs des cellules. La fraîcheur de la petite maison d'arrêt ravive ses anciennes blessures ; parfois son genou se bloque de froid et il a du mal à le replier. Parallèlement, il a le sentiment de devenir claustrophobe ; il ne supporte plus la pénombre, ni l'exiguïté de l'alcôve qui lui tient lieu de bureau encombrée de toiles d'araignées et de cadavres de cloportes. Il range sa lampe tempête, avec sa gourde en peau de chèvre et son coffret drapé de velours dans lequel repose un volumineux exemplaire du Coran, enroule sa natte de prières, l'accroche à un clou et décide de s'en aller. De toutes les façons, au cas où l'on aurait besoin de lui, les miliciens savent où le trouver. Le monde carcéral lui pèse. Depuis quelques semaines, plus il réfléchit à son statut de geôlier, moins il lui trouve de mérite, encore moins de noblesse. Ce constat le met sans cesse en rogne. Chaque fois qu'il referme le portail derrière lui, se soustrayant ainsi aux rues et aux bruits, il a l'impression de s'enterrer vivant. Une peur chimérique trouble ses pensées. Il se recroqueville alors dans son coin et refuse de se ressaisir, le fait de se laisser aller lui procurant une sorte de paix intérieure. Sont-ce les vingt années de guerre qui le rattrapent ? À quarante-deux ans, il est déjà usé, ne voit ni le bout du tunnel ni celui de son propre nez. S'abandonnant petit à petit au renoncement, il commence à douter des promesses des mollahs et se surprend, parfois, à ne craindre que vaguement les foudres du ciel.

Il a beaucoup maigri. Son visage tombe en lambeaux sous sa barbe d'intégriste ; ses yeux, bien que soulignés au khôl, ont perdu de leur acuité. L'obscurité des murs a eu raison de sa lucidité, celle de sa fonction s'ancre profondément en son âme. Quand on passe ses nuits à veiller des condamnés à mort et ses jours à les livrer au bourreau, on n'attend plus grand-chose du temps vacant. Désormais, ne sachant où donner de la tête, Atiq est incapable de dire si c'est le silence des deux cellules vides ou bien le fantôme de la prostituée, exécutée le matin, qui confère aux encoignures un remugle d'outre-tombe.

Il sort dans la rue. Une ribambelle de galopins traque un chien errant dans une chorale dissonante. Irrité par les hurlements et le remue-ménage, Atiq ramasse un caillou et le balance sur le gamin le plus proche. Ce dernier esquive le projectile et, impassible, continue de s'égosiller pour désorienter le chien visiblement à bout de force. Atiq comprend qu'il perd son temps. Les diablotins ne se disperseront pas avant d'avoir lynché le quadrupède, s'initiant ainsi, précocement, aux lynchages des hommes.

Son trousseau de clefs sous le gilet, il s'éloigne vers le marché infesté de mendiants et de portefaix. Comme d'habitude, nullement découragée par la canicule, une foule frénétique grouille au milieu des étals de fortune, tournant et retournant la friperie, farfouillant dans les vieilleries en quête d'on ne sait quoi, meurtrissant de ses doigts décharnés des fruits trop mûrs.

Atiq hèle un jeune voisin et lui confie le melon qu'il vient d'acheter :

— Porte-le chez moi. Et tâche de ne pas traîner dans les rues, le menace-t-il en brandissant sa cravache.

Le garçon opine du chef et, à contrecœur, enserre le fruit sous son aisselle et se dirige vers un invraisemblable cafouillis de taudis.

Atiq songe d'abord à se rendre chez son oncle, cordonnier de son état, dont le repaire se trouve juste derrière le tas de ruine, là-bas ; se ravise derechef : son oncle est l'un des plus grands bavards que la tribu ait engendrés ; il le retiendra jusque tard dans la nuit en lui ressassant les mêmes histoires sur les bottes qu'il confectionnait pour les officiers du roi et les dignitaires de l'ancien régime. À soixante-dix ans, à moitié aveugle et quasiment sourd, le vieil Ashraf délire ferme. Lorsque ses clients, fatigués de l'entendre, lui faussent compagnie, il ne se rend pas compte de leur retraite et continue de s'adresser au mur à perdre haleine. Maintenant que plus personne ne vient se tailler des chaussures sur mesure et que les rares savates qu'on lui soumet sont si sévèrement éprouvées qu'il ne sait plus par quel bout les prendre, il s'ennuie et ennuie à mourir.

Atiq s'arrête au beau milieu du chemin et réfléchit à ce qu'il va faire de sa soirée. Pour lui, pas question de rentrer à la maison retrouver son lit défait, la vaisselle oubliée dans l'eau malodorante des bassines et sa femme couchée en chien de fusil dans un angle de la chambre, la tête ceinte d'un foulard crasseux et la figure violacée. C'est à cause d'elle s'il est arrivé en retard, ce matin, manquant de compromettre l'exécution publique de la femme adultère. Pourtant, au dispensaire, les infirmiers ne daignent plus s'occuper d'elle depuis que le médecin a écarté les bras en signe d'impuissance. C'est peut-être à cause d'elle aussi que, subitement, il a cessé de croire aux promesses des mollahs et de craindre outre mesure les foudres du ciel. Toutes les nuits, elle le tient en alerte, gémissante, presque démente pour ne s'assoupir qu'à l'aube, terrassée par la souffrance et les contorsions. Tous les jours, il est obligé d'écumer l'antre pestilentiel des charlatans en quête d'élixirs susceptibles de soulager ses douleurs. Ni les vertus talismaniques ni les prières les plus ferventes ne sont parvenues à assister la patiente. Même sa sœur, qui avait accepté d'habiter avec eux afin de le seconder, s'est réfugiée dans la province du Baloutchistan et n'a plus donné signe de vie. Livré à lui-même, Atiq ne sait plus comment gérer une situation qui n'a de cesse de se compliquer. Si le médecin a jeté l'éponge, que reste-t-il en dehors d'un miracle ? Mais les miracles ont-ils encore cours, à Kaboul ? Quelquefois, les nerfs tendus à rompre, il joint ses mains tremblantes autour d'une *fatiha* et supplie le Ciel de rappeler son épouse. Après tout, pourquoi continuer de souffrir quand chaque bouffée d'air que l'on respire vous dénature et horrifie vos proches ?

— Attention ! hurle-t-on. Écartez-vous, écartez-vous...

Atiq a juste le temps de se déporter sur le côté pour éviter d'être renversé par une charrette dont la monture s'est emballée. Le cheval fou se rue sur le marché, créant un début de panique, bifurque soudain sur un campement en toile. Désarçonné, le conducteur effectue un vol plané et dégringole sur une guitoune. Le cheval poursuit sa course éperdue à travers les piaillements des enfants et les hurlements des femmes avant de disparaître derrière les gravats d'un sanctuaire.

Atiq retrousse les basques de son long gilet et frappe sur son postérieur pour chasser la poussière.

— J'ai bien cru que tu étais fichu, lui avoue un homme attablé sur la terrasse d'une échoppe.

Atiq reconnaît Mirza Shah. Celui-ci lui propose une chaise.

— Je t'offre un thé, garde-chiourme ?

— Je l'accepte volontiers, dit Atiq en se laissant choir sur le siège.

— Tu as fermé boutique plus tôt que prévu.

— C'est difficile d'être son propre geôlier.

Mirza Shah soulève un sourcil :

— Tu ne vas pas me dire qu'il ne reste plus de locataires dans tes cellules.

— C'est la vérité. La dernière a été lapidée, ce matin.

— La putain ? Je n'ai pas assisté à la cérémonie, mais on m'a raconté...

Atiq s'adosse contre le mur, joint ses doigts sur son ventre et regarde les décombres de ce qui fut, une génération plus tôt, l'unc des avenues les plus animées de Kaboul.

— Je te trouve bien triste, Atiq.

— Vraiment ?

— C'est d'ailleurs la première des choses qui saute aux yeux. Dès que je t'ai vu, je me suis dit, tsst ! ce pauvre diable d'Atiq n'est pas dans son assiette.

Atiq hausse les épaules. Mirza Shah a été son ami d'enfance. Ils avaient grandi dans un quartier défavorisé et fréquenté les mêmes gens et les mêmes endroits. Leurs parents travaillaient dans une petite fabrique de verreries. Ils avaient trop de soucis pour s'occuper d'eux. C'est donc naturellement que Mirza s'engagea dans l'armée à dix-huit ans tandis qu'Atiq exerça comme doublure auprès d'un routier avant de s'essayer à un nombre incroyable de petits métiers qui lui rapportaient le jour ce que lui dérobait la nuit. Ils se perdirent de vue jusqu'au jour où les Russes envahirent le pays. Mirza Shah fut l'un des premiers militaires à déserter son unité pour rejoindre les moudjahidin. Son courage et son engagement l'élevèrent rapidement au rang de *tej*. Atiq le retrouva sur le front, servit sous ses ordres quelque temps avant qu'un obus vienne interrompre l'élan de son djihad. Il fut évacué à Peshawar. Mirza poursuivit la guerre avec un extraordinaire dévouement. Après la retraite des forces soviétiques, on lui proposa des postes de responsabilité dans l'administration qu'il déclina. La politique et le pouvoir ne le grisaient guère. Grâce à ses relations, il mit sur pied de petites entreprises qui servirent de couverture à ses investissements parallèles, notamment dans la contrebande et le trafic des stupéfiants. L'avènement des taliban a atténué ses ardeurs sans pour autant démanteler ses réseaux. Il sacrifia volontiers quelques autocars et des bricoles pour la bonne cause, contribua à sa manière à l'effort de guerre des voyous messianiques contre ses anciens compagnons d'armes et réussit à préserver ses privilèges. Mirza sait que la foi d'un misérable résiste rarement aux gains faciles ; aussi graisse-t-il la patte aux nouveaux maîtres du pays et il coule ainsi des jours paisibles au cœur de la tourmente. Plusieurs fois, il a proposé à son ami de toujours de travailler pour lui. Atiq esquive régulièrement l'offre, préférant crevoter dans une vie éphémère plutôt que de devoir en pâtir toute l'éternité.

Mirza fait tournoyer son chapelet autour de son doigt en dévisageant son ami. Ce dernier, gêné, feint d'examiner ses ongles.

— Qu'est-ce qui ne va pas, garde-chiourme ?

— Je me le demande.

— C'est pour cette raison que tu parlais tout seul, tout à l'heure ?

— Peut-être.

— Tu ne trouves personne avec qui converser ?

— Est-ce nécessaire ?

— Au point où vont les choses, pourquoi pas ? Tu

étais tellement perdu dans tes soucis que tu n'as pas entendu arriver la charrette. Tout de suite, je me suis dit soit Atiq est en train de perdre la raison, soit il est en train de mijoter un imminent coup d'État...

— Attention à ce que tu dis, l'interrompt Atiq mal à l'aise. On risque de te prendre au mot.

— C'est pour te taquiner.

— On ne plaisante pas à Kaboul, et tu le sais bien.

Mirza lui tape doucement sur le revers de la main pour l'apaiser.

— Nous étions très amis, enfants. As-tu oublié ?

— Les têtes brûlées n'ont pas de mémoire.

— On ne se cachait rien l'un à l'autre.

— Aujourd'hui, ce n'est plus possible.

La main de Mirza se crispe.

— Qu'est-ce qui a changé, aujourd'hui, Atiq ? Rien, absolument rien. Ce sont les mêmes armes qui circulent, les mêmes gueules qu'on exhibe, les mêmes chiens qui aboient et les mêmes caravanes qui passent. Nous avons toujours vécu de cette façon. Le roi parti, une autre divinité l'a remplacé. C'est vrai, les armoiries ont changé de logos, mais ce sont les mêmes abus qu'elles revendiquent. Il ne faut pas se leurrer. Les mentalités restent celles d'il y a des siècles. Ceux qui attendent de voir surgir une nouvelle ère de l'horizon perdent leur temps. Depuis que le monde est monde, il y a ceux qui vivent avec et ceux qui refusent de l'admettre. Le sage, bien sûr, est celui qui prend les choses comme elles viennent. Celui-là a compris. Et toi aussi, tu dois comprendre. Tu n'es pas bien parce que tu ne sais pas ce que tu veux, c'est tout. Et les amis sont faits pour t'aider à voir clair. Si tu penses que je suis encore ton ami, confie-moi un peu de ton désarroi.

Atiq exhale un soupir. Il retire son poignet de la main de Mirza, cherche dans ses yeux quelque appui ; après une courte tergiversation, il cède :

— Mon épouse est malade. Le médecin dit que son sang se décompose très vite, que son mal n'a pas de remèdes.

Mirza reste un instant perplexe à l'idée qu'un homme puisse parler de sa femme dans la rue, puis, lissant sa barbe teinte au henné, il dodeline de la tête et dit :

— N'est-ce pas la volonté du Seigneur ?

— Qui oserait s'insurger contre elle, Mirza ? Pas moi, en tout cas. Je l'accepte pleinement, avec une infinie dévotion, sauf que je suis seul et désemparé. Je n'ai personne pour m'assister.

— C'est pourtant simple : répudie-la.

— Elle n'a pas de famille, rétorque naïvement Atiq, loin de remarquer le mépris grandissant qui envahit le faciès de son ami visiblement horripilé de devoir s'attarder sur un sujet aussi dévalorisant. Ses parents sont morts, ses frères sont partis, chacun de son côté. Et puis, je ne peux pas lui faire ça.

— Et pourquoi pas ?

— Elle m'a sauvé la vie, rappelle-toi.

Mirza rejette le buste en arrière, comme pris au dépourvu par les arguments du gardien. Il avance les lèvres, penche la figure sur une épaule de manière à surveiller de biais son interlocuteur.

— Niaiseries ! s'écrie-t-il. Dieu seul dispose de la vie et de la mort. Tu as été blessé en combattant pour Sa gloire. Comme il ne pouvait pas envoyer Gabriel à ton secours, il a mis cette femme sur ton chemin. Elle t'a soigné *par la volonté de Dieu*. Elle n'a fait que se soumettre à Sa volonté. Toi, tu as fait cent fois plus pour elle : tu l'as épousée. Que pouvait-elle espérer de plus, elle, de trois ans ton aînée, à l'époque vieille fille sans enthousiasme et sans attrait ? Y a-t-il générosité plus grande, pour une femme, que de lui offrir un toit, une protection, un honneur et un nom ? Tu ne lui dois rien. C'est à elle de s'incliner devant ton geste, Atiq, de baiser un à un tes orteils chaque fois que tu te déchausses. Elle ne signifie pas grand-chose en dehors de ce que tu représentes pour elle. Ce n'est qu'une subalterne. De plus, aucun homme ne doit quoi que ce soit à une femme. Le malheur du monde vient justement de ce malentendu.

Soudain, il fronce les sourcils :

— Serais-tu fou au point de l'aimer ?

— Nous vivons ensemble depuis une vingtaine d'années. Ce n'est pas négligeable.

Mirza est scandalisé, mais il prend sur lui et essaye de ne pas brusquer son ami d'enfance.

— Je vis avec quatre femmes, mon pauvre Atiq. La première, je l'ai épousée il y a vingt-cinq ans ; la dernière il y a neuf mois. Pour l'une comme pour l'autre, je n'éprouve que méfiance car, à aucun moment, je n'ai eu l'impression de comprendre comment ça fonctionne, dans leur tête. Je suis persuadé que je ne saisirai jamais tout à fait la pensée des femmes. À croire que leur réflexion tourne dans le sens contraire des aiguilles d'une montre. Que tu vives un an ou un siècle avec une concubine, une mère ou ta propre fille, tu auras toujours le sentiment d'un vide, comme un fossé sournois qui t'isole progressivement pour mieux t'exposer aux aléas de ton inadvertance. Avec ces créatures viscéralement hypocrites et imprévisibles, plus tu crois les apprivoiser et moins tu as de chances de surmonter leurs maléfices. Tu réchaufferais une vipère contre ton sein que ça ne t'immuniserait pas contre leur venin. Quant au nombre des années, il ne peut apporter d'apaisement dans un foyer où l'amour des femmes trahit l'inconsistance des hommes.

— Il ne s'agit pas d'amour.

— Alors, qu'attends-tu pour la foutre à la porte ? Répudie-la et offre-toi une pucelle saine et robuste, sachant se taire et servir son maître sans faire de bruit. Je ne veux plus te surprendre à parler seul dans la rue comme un taré. Surtout pas à cause d'une femelle. Ça offenserait Dieu et son prophète.

Mirza se tait brusquement. Un jeune homme vient de s'arrêter dans l'embrasure de l'échoppe, le regard lointain et les lèvres exsangues. Il est grand, le visage imberbe et beau qu'enguirlande un mince collier de poils follets. Ses cheveux longs et raides lui tombent sur les épaules qu'il a étroites et fines comme celles d'une jeune fille.

— Qu'est-ce que tu veux ? le secoue Mirza.

L'homme porte un doigt à sa tempe pour recouvrer ses esprits, geste qui agace davantage Mirza.

— Décide-toi, entre ou va-t'en. Ne vois-tu pas qu'on discute ?

Mohsen Ramat s'aperçoit que les deux individus se sont emparés de leur cravache et qu'ils sont sur le point de lui cingler la figure. À reculons, il se confond en excuses et s'éloigne vers le campement en toile.

— Tu te rends compte, s'indigne Mirza. Les gens sont sans gêne aucune.

Atiq hoche la tête en grognant. L'intrusion vient de l'interpeller. Il prend conscience de l'indécence de ses confidences, s'en veut de n'avoir pas su résister au besoin morbide de déballer son linge sale sur la terrasse d'un estaminet. Un silence confus s'installe entre lui et son ami d'enfance. Ils n'osent même plus se regarder, l'un se retranchant derrière la contemplation des lignes de ses mains, l'autre feignant de chercher après le cafetier.

3

Mohsen Ramat pousse la porte de sa maison d'une main incertaine. Il n'a rien mangé depuis le matin, et ses errements l'ont épuisé. Dans les échoppes, au marché, sur la place, partout où il s'est hasardé, il est aussitôt rattrapé par l'incommensurable lassitude qu'il traîne de long en large comme un boulet de forçat. Le seul ami et confident qu'il avait est mort d'une dysenterie, l'an dernier. Il n'a guère réussi à s'en faire d'autres. Les gens ont du mal à cohabiter avec leur propre ombre. La peur est devenue la plus efficace des vigilances. Les susceptibilités plus attisées que jamais, une confidence est vite mal interprétée, et les taliban ne savent pas pardonner aux langues imprudentes. N'ayant que le malheur à partager, chacun préfère grignoter ses déconvenues dans son coin, pour ne pas avoir à s'encombrer de celles d'autrui. À Kaboul, les joies ayant été rangées parmi les péchés capitaux, il devient inutile de chercher auprès d'une tierce personne un quelconque réconfort. Quel réconfort pourrait-on encore entretenir dans un monde chaotique, fait de brutalité et d'invraisemblance, saigné à blanc par un enchaînement de guerres d'une rare violence ; un monde déserté par ses saints patrons, livré aux bourreaux et aux corbeaux, et que les prières les plus ferventes semblent incapables de ramener à la raison ?

Dans la pièce, hormis une grande natte tressée en

guise de tapis, deux vieux poufs crevés et un chevalet vermoulu sur lequel repose le livre des Lectures, il ne reste plus rien. Mohsen a vendu l'ensemble de ses meubles, les uns après les autres, pour survivre aux pénuries. Maintenant, il n'a même pas de quoi remplacer les vitres cassées. Les fenêtres, aux volets branlants, sont aveugles. Chaque fois qu'un milicien passait dans la rue, il lui intimait l'ordre de les réparer sans tarder : un badaud risquerait d'être choqué par le visage dévoilé d'une femme. Mohsen a entoilé les fenêtres de tenture : depuis le soleil a cessé de lui rendre visite chez lui.

Il se déchausse sur le petit perron et s'affaisse.

— Je t'apporte à manger ? s'enquiert une voix de femme derrière un rideau au fond de la salle.

— Je n'ai pas faim.

— Un peu d'eau ?

— Si elle est fraîche, je ne dirai pas non.

Des cliquetis tintinnabulent dans la pièce voisine, puis le rideau s'écarte sur une femme belle comme le jour. Elle dépose un carafon devant Mohsen et prend place sur le pouf d'en face. Mohsen sourit. Il sourit toujours quand sa femme se montre à lui. Elle est sublime, d'une fraîcheur inaltérable. Malgré les inclémences quotidiennes et le deuil d'une ville livrée aux hantises et à la folie des hommes, Zunaira n'a pas pris une ride. C'est vrai, ses joues n'ont plus leur réverbération d'autrefois, ses rires ne résonnent nulle part, mais ses yeux immenses, brillants comme des émeraudes, ont gardé intacte leur magie.

Mohsen porte le carafon à ses lèvres.

Sa femme attend qu'il ait fini de boire pour le débarrasser.

— Tu parais exténué.

— J'ai beaucoup marché, aujourd'hui. Mes pieds sont en feu.

La femme effleure du bout des doigts les orteils de son époux avant de se mettre à les masser avec délicatesse. Mohsen se renverse sur ses coudes et s'abandonne aux attouchements de sa femme.

— Je t'ai attendu au déjeuner.

— J'ai oublié.

— Tu as oublié ?

— J'ignore ce qui m'est arrivé, aujourd'hui. Jamais je n'ai connu cette impression-là auparavant, pas même lorsque nous avons perdu notre maison. J'étais comme dans les vapes et j'errais comme ça, à l'aveuglette, incapable de reconnaître les rues que j'arpentais de long en large sans parvenir à les traverser. Vraiment bizarre. J'étais dans une sorte de brouillard, je n'arrivais ni à me souvenir de mon chemin ni à savoir où je voulais aller.

— Tu as dû rester longtemps sous le soleil.

— Il ne s'agit pas d'insolation.

Subitement, sa main se tend vers celle de son épouse et la contraint à suspendre son massage. Zunaira lève ses yeux étincelants, intriguée par la force désespérée de l'étreinte autour de son poignet.

Mohsen hésite un moment et demande, la voix atone :

— Est-ce que j'ai changé ?

— Pourquoi me poses-tu cette question ?

— Je te demande si j'ai changé.

Zunaira fronce ses magnifiques sourcils pour réfléchir.

— Je ne vois pas de quoi tu veux parler.

— De moi, voyons. Est-ce que je suis resté le même homme, celui que tu préférais aux autres ? Est-ce que j'ai gardé les mêmes habitudes, les mêmes manières ? Trouves-tu que je réagis normalement, que je te traite avec la même tendresse ?

— Certes, beaucoup de choses ont changé autour de

nous. Notre maison a été bombardée. Nos proches et nos amis ne sont plus là, certains ne sont plus de ce monde. Tu as perdu ton commerce. On m'a confisqué mon travail. Nous ne mangeons plus à notre faim et nous ne faisons plus de projets. Mais nous sommes ensemble, Mohsen. C'est ce qui doit compter, pour nous. Nous sommes ensemble pour nous soutenir. Nous n'avons que nous-mêmes pour nourrir l'espoir. Un jour, Dieu se souviendra de nous. Il s'apercevra que les horreurs que nous subissons tous les jours n'ont pas réussi à amoindrir notre foi, que nous n'avons pas failli, que nous méritons sa miséricorde.

Mohsen relâche le poignet de sa femme pour lui caresser la pommette. Son geste est affectueux ; elle s'y abandonne.

— Tu es le seul soleil qui me reste, Zunaira. Sans toi, ma nuit serait plus profonde que les ténèbres, plus froide que les tombes. Mais, pour l'amour du Seigneur, si tu trouves que je change vis-à-vis de toi, que je deviens injuste ou méchant, dis-le-moi. J'ai le sentiment que les choses m'échappent, que je ne me contrôle plus. Si je suis en train de devenir fou, aide-moi à m'en rendre compte. J'accepterais de décevoir le monde entier, mais je m'interdis de te faire du tort, ne serait-ce que par mégarde.

Zunaira perçoit nettement la détresse de son époux. Pour lui prouver qu'il n'a rien à se reprocher, elle laisse sa joue glisser dans la paume craintive.

— Nous vivons des moments pénibles, chéri. À force de gémir, nous avons perdu la notion des quiétudes. Brusquement, l'accalmie nous épouvante et nous doutons de tout ce qui ne nous menace pas.

Mohsen retire doucement ses doigts de sous la joue de son épouse. Ses yeux s'embrouillent ; il doit fixer le plafond et lutter en son for intérieur pour contenir son émotion. Sa pomme d'Adam s'affole dans son cou émacié. Son chagrin est tel que des frémissements se déclenchent à partir de ses pommettes, s'étendent jusque sur son menton et reviennent secouer ses lèvres.

— J'ai fait quelque chose d'impensable, ce matin, déclare-t-il.

Zunaira se fige ; ce qu'elle lit dans son regard perdu la bouleverse. Elle tente de lui prendre les mains ; il les replie à hauteur de sa poitrine, comme pour parer à une agression.

— Je n'arrive pas à y croire, bredouille-t-il. Comment est-ce arrivé ? Comment ai-je pu ?

Zunaira redresse la nuque, de plus en plus intriguée.

Mohsen se met à haleter. Sa poitrine monte et descend à un rythme inquiétant. Il raconte, terrifié par ses propos :

— Une prostituée a été lapidée sur la place. J'ignore comment je me suis joint à la foule de dégénérés qui réclamait du sang. J'étais comme absorbé par un tourbillon. Moi aussi, je voulais être aux premières loges, regarder de près périr la bête immonde. Et lorsque le déluge de pierres a commencé à submerger le succube, je me suis surpris à ramasser des cailloux et à le mitrailler, moi aussi. J'étais devenu fou, Zunaira. Comment ai-je osé ? Toute ma vie, je m'étais cru objecteur de conscience. Ni les menaces des uns ni les promesses des autres ne m'ont convaincu de prendre des armes et de donner la mort. J'acceptais d'avoir des ennemis, mais je ne tolérais pas d'être l'ennemi de qui que ce soit. Et ce matin, Zunaira, simplement parce que la foule hurlait, j'ai hurlé avec elle, simplement parce qu'elle a réclamé du sang, je l'ai exigé aussi. Depuis, je n'arrête pas de regarder mes mains que je ne reconnais plus. J'ai marché dans les rues pour semer mon ombre, pour distancer mon geste et, à chaque coin de rue, au détour de n'importe quel tas d'éboulis, je me suis retrouvé nez à nez avec cet instant d'égarement. J'ai peur de moi, Zunaira, je n'ai plus confiance en l'homme que je suis devenu.

Zunaira est tétanisée par le récit de son mari. Mohsen n'est pas le genre à se mettre à nu. Il parle rarement de ce qui l'afflige et ne laisse presque pas ses émotions transparaître. Aussi, quand elle a décelé cette grosse peine au fond de ses prunelles, elle a compris qu'il ne pourrait pas la garder pour lui. Elle s'est attendue à un malheur de ce genre, mais pas de cette envergure.

Son visage blêmit et, pour la première fois, ses yeux, en s'écarquillant, perdent l'essentiel de leur splendeur.

— Tu as lapidé une femme ?

— Je crois même l'avoir touchée à la tête.

— Tu ne peux pas avoir fait une chose pareille, Mohsen. Ce n'est pas ton genre, voyons ; tu es un homme instruit.

— Je ne sais pas ce qui m'a pris. C'est arrivé si vite. Comme si la foule m'avait ensorcelé. Je ne me rappelle pas comment j'ai ramassé les pierres. Je me souviens seulement que je n'ai pas pu m'en défaire, qu'une rage irrésistible s'est emparée de mon bras... Ce qui m'épouvante et m'afflige en même temps, c'est que je n'ai même pas essayé de résister.

Zunaira se lève. Comme si elle se relevait d'un abattement. Faiblement. Incrédule, mais sans colère. Ses lèvres, un moment juteuses, se sont desséchées. Elle cherche un appui, ne rencontre qu'une poutrelle émergeant du mur, s'agrippe dessus. Longtemps, elle attend de recouvrer ses sens, en vain. Mohsen tente de lui reprendre la main ; elle l'esquive et chancelle vers la cuisine dans le friselis irréel de sa robe. À l'instant où elle disparaît derrière le rideau, Mohsen comprend qu'il n'aurait pas dû confier à sa femme ce que lui-même refuse d'admettre.

4

Le soleil se prépare à se retirer. Ses rayons ne ricochent plus avec la même furie sur le flanc des collines. Cependant, les vieillards hébétés sous les porches, bien que guettant le soir avec impatience, savent que la nuit sera aussi torride que le jour.

Enserrée dans l'étuve de ses montagnes rocailleuses, Kaboul suffoque. On dirait qu'un soupirail de l'enfer s'est entrebâillé dans le ciel. Les rares soubresauts du vent, loin de rafraîchir ou de régénérer l'air appauvri, s'amusent à suspendre la poussière dans le vide pour ronger les yeux et assécher les gorges.

Atiq Shaukat constate que son ombre s'est démesurément allongée sur le sol ; le muezzin va bientôt appeler les fidèles à la prière du maghreb. Il glisse sa cravache sous sa ceinture et se dirige, d'un pas blasé, sur la mosquée du faubourg, une vaste salle ingénument badigeonnée, au plafond squelettique et au minaret mutilé par un bombardement.

Une meute de taliban gravite autour du sanctuaire pour intercepter les badauds de passage et les obliger *manu militari* à rejoindre les fidèles.

L'intérieur du sanctuaire bourdonne sous la fournaise. Les premiers arrivés ont pris d'assaut les tapis avachis qui jonchent le parterre, à proximité du minbar sur lequel un mollah lit doctement dans un livre religieux. Les moins nantis sont obligés de se disputer les quelques lambeaux de nattes que certains font passer pour des édredons. Le reste, trop heureux de se mettre à l'abri du soleil et de la cravache des miliciens, se contente d'un parterre rugueux qui laisse sur le postérieur des empreintes tranchantes.

Atiq écarte du genou une grappe de vieillards, grogne à l'adresse du plus âgé pour qu'il s'aplatisse davantage contre le mur et s'assoit contre une colonne. Son regard renfrogné revient menacer le vieillard du fond qui s'efforce tant bien que mal de se faire le plus petit possible.

Atiq Shaukat déteste les personnes âgées, surtout celles du quartier, en majorité des intouchables putrides crevant de mendicité et d'insignifiance, à longueur de journée en train de psalmodier de funestes litanies et d'effilocher, de leurs mains de spectres, les basques des passants. Rapaces guettant la curée, elles se rassemblent le soir là où quelques âmes charitables viennent déposer des bols de riz destinés aux veuves et orphelins et n'hésitent pas à se donner en spectacle pour en glaner quelques bouchées. Atiq les exècre pour cela, surtout. Chaque fois qu'il les trouve dans son rang, il ne prie qu'avec dégoût. Il n'aime ni leurs gémissements quand elles se prosternent, ni leur somnolence maladive lors des prêches. Pour lui, ce ne sont que des dépouilles que le fossoyeur néglige, infectes et troublantes, avec leurs yeux chassieux, leur bouche démolie et leurs odeurs de bêtes mourantes...

— *Astaghfirou Llah !* se dit-il. Voilà que ton cœur s'enfle de fiel jusque dans la maison du Seigneur, mon pauvre Atiq. Reprends-toi, voyons. Abandonne tes inimitiés à la rue et tâche de ne pas laisser le Malin vicier tes pensées.

Il se prend les tempes entre les mains, essaye de faire le vide dans sa tête, puis il fiche le menton dans le creux de sa gorge, les yeux obstinément au sol de crainte que la vue des vieillards ne fausse son recueillement.

Le muezzin va dans son alcôve appeler à la prière. Les fidèles se redressent dans un mouvement d'ensemble anarchique et commencent à se disposer en rangées. Un petit individu aux oreilles pointues et à l'allure de farfadet tire Atiq par le bout de son gilet, l'invitant à s'aligner sur les autres. Irrité par ce geste, le gardien lui saisit le poignet et le tord discrètement contre son flanc. D'abord surpris, le petit homme essaye de retirer sa main de l'étau qui la froisse puis, n'y parvenant pas, il fléchit et menace de s'écrouler tant la douleur est forte. Atiq maintient la pression pendant quelques secondes ; lorsqu'il s'assure que sa proie est sur le point de se mettre à brailler, il la relâche. Le nain récupère son poignet en feu, le glisse sous son aisselle et, incapable de se résoudre à l'idée qu'un croyant puisse se conduire de la sorte dans une mosquée, il se fraie une place dans la rangée de devant et ne se retourne plus.

— *Astaghfirou Llah*, se dit encore Atiq. Que m'arrive-t-il ? Je ne supporte ni la pénombre ni la lumière du jour, ni d'être assis ni d'être debout, ni les vieillards ni les enfants, ni le regard des gens ni leur main sur moi. C'est à peine si je me supporte. Suis-je en train de devenir fou à lier ?

Après la prière, il décide d'attendre le prochain appel du muezzin dans la mosquée. De toutes les façons, il ne se sent pas près de rentrer chez lui *retrouver son lit défait, la vaisselle oubliée dans les bassines malodorantes et sa femme couchée en chien de fusil dans son coin, la tête ceinte dans un foulard crasseux et la figure violacée...* Les fidèles se dispersent ; certains rejoignent leurs maisons, d'autres se réunissent dans la cour pour converser. Les vieillards et les mendiants s'amoncellent à l'entrée du sanctuaire, la main déjà tendue. Atiq s'approche d'un groupe de blessés de guerre en train d'échanger des faits d'armes. Le plus grand, une sorte de Goliath empêtré dans sa barbe, trace avec son doigt tuméfié des courbes dans la poussière. Les autres, assis en fakir autour de lui, l'observent en silence. Ils ont tous ou un bras ou une jambe amputé. L'un d'eux, légèrement en retrait, est cul-de-jatte. Il est entassé dans une brouette artisanale conçue de manière à lui servir de chaise roulante. Le Goliath, lui, est borgne et a la moitié du visage défigurée. Il finit de dessiner puis, s'arc-boutant contre le sol, il raconte :

— La configuration du terrain était à peu près comme ça, dit-il d'une voix fluette qui contraste outrageusement avec sa corpulence herculéenne. Il y avait une montagne à cet endroit, une falaise là et les deux collines que voici. Une rivière coulait par là et contournait la montagne par le nord. Les Soviets tenaient les crêtes et nous surplombaient sur toute la ligne. Depuis deux jours, ils nous contenaient fermement. Nous ne pouvions pas battre en retraite à cause de la montagne. Elle était chauve et les hélicoptères nous auraient taillés en pièces sans coup férir. Par là, la falaise chutait dans un précipice. La rivière, profonde et large, nous barrait la route de ce côté. Il nous restait juste ce passage obligé, à hauteur d'un gué, et les Russes faisaient exprès de nous l'abandonner. En vérité, c'était une nasse. Une fois engouffrés dedans, nous étions faits comme des rats. Mais nous ne pouvions pas rester sur notre position trop longtemps. Nous manquions de munitions et nous n'avions pas grand-chose à manger. En plus, l'ennemi avait demandé du renfort. Son artillerie renforcée nous harcelait jour et nuit. Pas moyen de fermer l'œil. Nous étions dans un état lamentable. Nous ne pouvions même pas enterrer nos morts qui commençaient à puer atrocement...

— Nos morts n'ont jamais senti mauvais, intervient

le cul-de-jatte outré. Je me souviens, un obus nous était tombé dessus par surprise, tuant sur le coup quatorze moudjahidin. C'est comme ça que j'ai eu les jambes coupées. Nous aussi, nous étions cernés. Pendant huit jours, nous sommes restés dans notre trou. Et nos morts ne se sont même pas décomposés. Ils étaient étendus là où la déflagration les avait projetés. Ils ne sentaient pas mauvais, non plus. Ils avaient un visage serein. Malgré leurs blessures et les flaques de sang dans lesquelles ils baignaient, on les aurait dit seulement endormis.

— C'était l'hiver, suppose le Goliath.

— Ce n'était pas l'hiver. Nous étions en plein été, et la chaleur aurait fait frire un œuf sur un galet.

— C'étaient peut-être des saints, tes moudjahidin, dit le Goliath vexé.

— Tous les moudjahidin sont des êtres bénis par le Seigneur, lui rappelle le cul-de-jatte que les autres approuvent fortement de la tête. Ils ne puent pas et leur chair ne se décompose pas.

— Alors, elle était de qui, l'odeur qui empuantissait notre position ?

— De vos mulets tués.

— Nous n'avions pas de mulets.

— Alors, ça ne pouvait être que l'odeur des *Chouravis*[1]. Ces porcs pueraient au sortir d'un bain. Je me souviens, quand on en capturait quelques-uns, toutes les mouches du pays venaient les voir de près...

— Vas-tu me laisser terminer mon récit, Tamreez, dit le Goliath excédé.

— Je tenais à préciser que nos morts ne puent pas. D'ailleurs, la nuit, un parfum de musc les embaume jusqu'au lever du jour.

Le Goliath efface d'une main hargneuse les dessins

---

1. Les Russes, selon les Afghans.

dans la poussière et se lève. Après un regard torve sur le cul-de-jatte, il enjambe le muret et s'en va vers un campement de toiles. Les autres se taisent jusqu'à ce qu'il ait disparu puis, fébrilement, ils se rapprochent de l'homme sur la brouette.

— De toutes les façons, son histoire, nous la connaissons par cœur. Que de détours pour aboutir à son accident, fait un manchot famélique.

— Il a été un grand combattant, lui signale son voisin.

— C'est vrai, mais son œil, il l'a perdu dans un accident, pas au cours d'une bataille. Et puis, franchement, je me demande de quel côté il était, si ses morts puaient. Tamreez a raison. Nous sommes des vétérans de la guerre. Nous avons perdu des centaines d'amis. Ils sont morts dans nos bras ou sous nos yeux : pas un ne puait...

Tamreez se trémousse dans sa boîte, rajuste le coussin sous ses genoux ficelés dans des bandes en caoutchouc et regarde vers le campement de toiles comme s'il redoutait le retour du Goliath.

— J'ai perdu mes jambes, la moitié de mes dents, mes cheveux, mais ma mémoire s'en est sortie indemne. Je me rappelle chaque détail, comme si c'était hier. Nous étions en plein été, et la fournaise, cette année-là, poussait les corbeaux au suicide. On les voyait monter très haut dans le ciel avant de se laisser dégringoler comme des enclumes, les ailes collées au flanc et le bec en avant. Sur le Saint Livre, c'est la vérité vraie. On entendait péter les poux dans nos linges étendus sur les roches surchauffées. C'était le pire été que j'aie connu. Nous avions relâché notre vigilance, certains qu'aucun cul blanc ne s'aventurerait hors de son cantonnement sous un soleil de plomb pareil. Mais les renégats russes nous avaient repérés à l'aide d'un satellite ou quelque chose de ce genre. Si un hélicoptère ou un avion avait survolé notre repaire, nous aurions évacué les lieux dans la minute d'après. Or, rien à l'horizon. Le calme plat tous azimuts. Nous étions en train de déjeuner, dans notre trou, quand l'obus est tombé. En plein dans le mille. Au bon moment et au bon endroit. Boum ! J'ai vu un geyser de feu et de terre me happer, et c'est tout. Quand je me suis réveillé, j'étais écartelé sous un rocher, les mains en sang, les habits lacérés, noirâtres de fumée. Je n'ai pas compris sur-le-champ. Puis, j'ai vu une jambe à côté de moi. Pas un instant je n'ai pensé que c'était la mienne. Je ne sentais rien, ne souffrais de rien. J'étais juste un peu sonné. (Soudain, il écarquille les yeux, la face tournée vers le sommet du minaret. Ses lèvres frémissent tandis que des spasmes effrénés se déclenchent sur ses pommettes. Il joint les mains comme pour recueillir l'eau d'une fontaine et raconte, des trémolos dans la gorge...) C'est ainsi que je l'ai vu. Comme je vous vois. Sur le Saint Livre, c'est la vérité... Il tournoyait dans le ciel bleu. Les ailes tellement blanches que leurs reflets illuminaient l'intérieur de la caverne. Il tournoyait, tournoyait. Dans le silence absolu, je ne percevais ni les cris des blessés ni les déflagrations alentour ; j'entendais juste le froufrou soyeux de ses ailes qui brassaient majestueusement l'air... C'était une vision féerique...

— Est-ce qu'il est descendu vers toi ? s'enquiert le manchot avec fébrilité.

— Oui, dit Tamreez. Il est descendu jusqu'à moi. Il était en larmes, et son visage pourpre rayonnait comme un astre.

— C'était l'ange de la mort, lui certifie son voisin. Ça ne peut-être que lui. Il se manifeste toujours ainsi, pour les grands braves. Est-ce qu'il t'a dit quelque chose ?

— Je ne m'en souviens pas. Il a déployé ses ailes autour de mon corps, mais je l'ai repoussé.

— Malheureux, lui crie-t-on, tu aurais dû te laisser faire. L'ange t'aurait emmené droit au paradis et tu ne serais pas en train de moisir dans ta brouette à l'heure qu'il est.

Atiq estime qu'il en a assez entendu et décide d'aller se dégourdir l'esprit ailleurs. À force d'être rabâchés et corsés selon les tendances, les récits des rescapés de la guerre sont en passe de devenir de véritables fabulations. Atiq pense sincèrement que les mollahs devraient y mettre un terme. Il s'aperçoit surtout qu'il ne peut traîner dans les rues indéfiniment. Depuis tout à l'heure, il essaye de fuir sa réalité, à lui ; celle qu'il ne peut ni corser ni raconter, pas même à Mirza Shah insensible et obtus, prompt à reprocher aux gens le peu de conscience qui leur reste. D'ailleurs, il s'en veut de s'être confié à lui. Pour un verre de thé qu'il n'a pas consommé. Il s'en veut de se débiner devant sa responsabilité, d'avoir été assez sot de croire que la meilleure façon de régler un problème est de lui tourner le dos. Son épouse est malade ; est-ce sa faute ? A-t-il oublié comment elle s'est dépensée pour lui lorsque son peloton défait par les troupes communistes l'avait abandonné dans un village perdu ; comment elle l'a caché, soigné des semaines durant ; comment elle a réussi à le transporter à dos de mulet, des jours et des nuits à travers un territoire hostile, sous les tempêtes de neige, jusqu'à Peshawar ? Maintenant qu'elle a besoin de lui, il la fuit sans vergogne, courant à droite et gauche derrière tout ce qui est susceptible de l'en distraire.

Mais chaque chose a une fin, et le jour aussi. La nuit est là ; les gens rentrent chez eux, les sans-abri rejoignent leur terrier, et les sbires, souvent, tirent sans sommations sur les ombres suspectes. Il faut bien qu'il rentre, lui aussi, qu'il retrouve son épouse dans l'état où il l'a laissée, c'est-à-dire souffrante et désemparée. Il emprunte une rue hérissée de tas d'éboulis, s'arrête à hauteur d'une ruine, pose le bras contre l'unique mur debout et reste ainsi, le menton sur l'épaule, passablement campé sur ses mollets. Ici et là, dans l'obscurité où de rares lumignons se déhanchent sans entrain, il entend pleurer des nourrissons. Leurs vagissements lui traversent le crâne comme des fleurets. Une femme s'insurge contre la turbulence de ses rejetons, vite sommée de se taire par la voix assourdissante d'un homme. Atiq redresse la nuque, puis l'échine, contemple les milliers de constellations sémillantes dans le ciel. Quelque chose comme un sanglot lui contracte la gorge. Il doit refermer ses doigts jusqu'au sang pour ne pas s'effondrer. Il est fatigué, fatigué de tourner en rond, de courir après des volutes de fumée ; fatigué de ces jours insipides qui le foulent au pied du matin à la nuit tombée. Il n'arrive pas à comprendre pourquoi il a survécu, deux décennies d'affilée, aux embuscades, aux raids aériens, aux engins explosifs qui broyaient des dizaines de corps autour de lui, n'épargnant ni les femmes ni les enfants, ni les troupeaux ni les hameaux, pour finalement continuer de végéter dans un monde aussi obscur et ingrat, dans une ville complètement déphasée, pavoisée d'échafauds et hantée de loques cacochymes : une ville qui le malmène et l'abîme inexorablement, jour après jour, nuit après nuit, tantôt en compagnie d'une morte sursitaire au fond d'une geôle malodorante, tantôt veillant une épouse agonisante, plus misérable qu'un gibier de potence...

— *La hawla !* soupire-t-il. Si telle est l'épreuve à laquelle tu me soumets, Seigneur, donne-moi la force de la surmonter.

Se frappant dans les mains, il marmotte un verset et rebrousse chemin pour rentrer chez lui.

La première chose qui a interpellé Atiq quand il a poussé la porte de sa maison est la lampe tempête allumée. D'habitude, à cette heure-ci, Mussarat est au lit et les pièces plongées dans le noir. Il remarque le grabat vide, les couvertures soigneusement étalées sur la paillasse, les coussins dressés contre le mur comme il préfère, prête l'oreille ; aucun gémissement, aucun bruit. Il revient sur ses pas, constate que les bassines sont retournées contre le sol, que la vaisselle scintille dans son coin. Cela l'intrigue car, depuis des mois, Mussarat entretient rarement son intérieur. Rongée par la maladie, elle passe le plus clair de son temps à geindre et à se ramasser autour des maux qui lui tenaillent les tripes. Atiq toussote dans son poing pour signaler son retour. Une tenture s'écarte, et Mussarat se montre enfin, la figure chiffonnée, mais debout sur ses jambes. Sa main ne peut s'abstenir de s'appuyer contre l'embrasure cependant, on la sent batailler avec toute l'énergie qui lui reste pour tenir sur ses jambes comme si sa dignité en dépendait. Atiq se prend le menton à deux doigts, un sourcil haut perché, ne cherchant guère à dissimuler sa surprise.

— J'ai cru que ma sœur était rentrée du Baloutchistan, dit-il.

Mussarat sursaute.

— Je ne suis pas encore impotente, lui fait-elle remarquer.

— Ce n'est pas ce que je voulais dire. Je t'ai laissée si mal en point, ce matin. Quand j'ai vu toutes les affaires à leur place, bien rangées, et le parterre balayé, j'ai tout de suite cru que ma sœur était de retour. Nous n'avons personne d'autre qu'elle. Tes voisines sont au courant de ton état de santé, pourtant, à aucun moment, l'une d'elles n'est venue voir de quelle manière elle pourrait se rendre utile.

— Je n'ai pas besoin d'elles.

— Ce que tu peux être susceptible, Mussarat. Pourquoi faut-il retourner chaque mot pour voir ce qu'il y a dessous ?

Mussarat se rend compte qu'elle n'est pas en train d'améliorer les choses entre elle et son époux. Elle ôte la lampe tempête de sur la table et l'accroche à une poutrelle pour une plus large lumière ; ensuite, elle va chercher un plateau chargé de nourriture.

— J'ai découpé le melon que tu m'as envoyé et je l'ai mis au frais sur la fenêtre, dit-elle conciliante. Tu as sûrement faim. Je t'ai préparé un riz comme tu l'aimes.

Atiq se défait de ses savates, accroche sa toque et sa cravache à la poignée d'un volet et s'assoit près du plateau en fer cabossé. Ne sachant quoi dire et n'osant pas regarder son épouse de peur de raviver sa susceptibilité, il s'empare d'un carafon et le porte à ses lèvres. L'eau déborde de sa bouche et éclabousse sa barbe ; il s'essuie du revers de la main et feint de s'intéresser à une galette d'orge.

— Je l'ai cuite moi-même, lui dit Mussarat à l'affût. Pour toi.

— Pourquoi te donnes-tu tant de mal ? finit-il par laisser échapper.

— Je veux m'acquitter de mon devoir d'épouse jusqu'au bout.

— Je n'ai rien exigé de toi.

— Tu n'as pas besoin de le faire.

Elle s'affaisse presque sur la natte en face de lui, traque son regard et ajoute :

— Je refuse d'abdiquer, Atiq.

— Là n'est pas la question, femme.

— Tu sais combien je déteste l'humiliation.

Atiq lève sur elle un œil profond :

— Ai-je fait quelque chose qui t'aurait offensée, Mussarat ?

— L'humiliation n'est pas forcément dans l'attitude des autres, quelquefois, elle réside dans le fait de ne pas s'assumer.

— Où vas-tu chercher ça, femme ? Tu es malade, c'est tout. Tu as besoin de te reposer, de rassembler tes forces. Je ne suis pas aveugle. Nous vivons ensemble depuis des années ; tu n'as point triché. Ni avec moi ni avec personne. Tu n'as pas besoin d'aggraver ton mal juste pour me prouver je ne sais quoi.

— Nous vivons ensemble depuis des années, Atiq, et c'est la première fois que j'ai le sentiment de faillir à mes obligations d'épouse : mon mari ne me parle plus.

— Je ne te parle pas, c'est vrai, mais je ne te boude pas. Je suis seulement laminé par cette guerre qui s'éternise, et la misère qui gâche tout autour de nous. Je ne suis qu'un geôlier occasionnel qui ne comprend pas pourquoi il a accepté de veiller sur des misérables au lieu de s'occuper de son propre malheur.

— Si tu as foi en Dieu, tu dois considérer le malheur que je suis devenue pour toi comme une épreuve pieuse.

— Tu n'es pas mon malheur, Mussarat. C'est toi qui te fais des idées. J'ai foi en Dieu et j'accepte ce qu'il me propose comme déboires afin de tester ma patience.

Mussarat découpe la galette, en tend une part à son époux.

— Pour une fois que nous avons l'occasion de bavarder, tâchons de ne pas nous chamailler, murmure-t-elle.

— Je suis d'accord, l'approuve Atiq. Pour une fois que nous avons l'occasion de bavarder, évitons les propos désobligeants et les insinuations. Je suis ton époux, Mussarat. J'essaye, moi aussi, de m'acquitter de mes obligations conjugales. Le problème, c'est que je suis un peu débordé. Je n'éprouve aucun ressentiment à ton encontre. Il faut que tu le saches. Mon mutisme n'est pas un rejet, il est l'expression de mon impuissance. Est-ce que tu me comprends, femme ?

Mussarat opine du chef, sans conviction.

Atiq plonge un morceau de pain dans un plat. Sa main tremble ; sa respiration sifflote tant il peine à refouler la colère en train de sourdre en lui. Il rentre le cou dans ses épaules, cherche à discipliner son souffle puis, de plus en plus exaspéré de devoir s'expliquer, il dit :

— Je n'aime pas me justifier. J'ai l'impression d'avoir commis une faute, or il n'en est rien. Tout ce que je veux, c'est trouver un peu de paix chez moi. Est-ce trop demander ? C'est toi qui te fais des idées, femme. Tu te persécutes, et tu me persécutes. On dirait que tu me provoques.

— Je ne te provoque pas.

— Peut-être, mais c'est le sentiment que j'ai. Dès que tu récupères un peu de force, tu te dépenses stupidement pour me prouver que tu tiens sur tes jambes, que la maladie n'est pas près de te terrasser. Deux jours après, tu flanches et je suis obligé de te ramasser à la petite cuillère. Ça va durer combien de temps, cette comédie ?

— Pardonne-moi.

Atiq lâche un soupir, remue son bout de pain dans la sauce froide et le porte à sa bouche sans relever la tête.

Mussarat ramène son pagne sur ses bras et regarde son mari manger dans un clapotis déplaisant. N'arrivant pas à coincer son regard, elle se contente de contempler la calvitie qui s'élargit au sommet de son crâne, lui dégarnissant la nuque qu'il a creuse et vilaine.

— L'autre nuit, à la pleine lune, raconte-t-elle sur

un ton chagrin, j'ai ouvert les volets pour te voir dormir. Tu avais le sommeil paisible de ceux qui n'ont rien sur la conscience. Un petit sourire s'entrebâillait dans ta barbe. Ton visage évoquait un morceau d'éclaircie ; on aurait dit que toutes les souffrances que tu avais endurées s'étaient volatilisées, que la douleur n'avait jamais osé effleurer la moindre de tes rides. C'était une vision si belle et si tranquille que j'ai souhaité que l'aube ne se lève plus. Ton sommeil te mettait à l'abri de ce qui pourrait te contrarier. Je m'étais assise à ton chevet. Je brûlais d'envie de te prendre la main, mais j'ai craint de te réveiller. Alors, pour ne pas céder à la tentation, j'ai songé aux années que nous avons partagées, souvent pour le pire, et je me suis demandé si, aux plus forts moments de nos engagements, nous nous étions aimés...

Atiq cesse subitement de manger. Son poignet vibre quand il s'en essuie les lèvres. Il marmotte un *la hawla* et dévisage son épouse, les narines spasmodiques.

D'une voix faussement calme, il s'enquiert :

— Qu'est-ce qui ne va pas, Mussarat ? Je te trouve bien volubile, ce soir.

— C'est peut-être parce que nous ne nous parlons presque plus depuis quelque temps.

— Et qu'est-ce qui te rend si loquace aujourd'hui ?

— La maladie. C'est un instant grave, un grand instant de vérité, la maladie. On ne peut plus rien se cacher.

— Tu as été souffrante à maintes reprises...

— Cette fois-ci, je sens que le mal qui m'habite ne s'en ira pas sans moi.

Atiq repousse son assiette et recule jusqu'au mur.

— D'une part, tu me prépares mon souper ; de l'autre, tu m'empêches d'y toucher. Tu trouves que c'est juste ?

— Pardonne-moi.

— Tu dépasses les bornes, puis tu demandes pardon. Je n'ai pas que ça à faire, figure-toi.

Elle se lève, s'apprête à retourner derrière la tenture.

— Voilà la raison qui m'amène à éviter de t'adresser la parole, Mussarat. Tu es constamment sur la défensive, comme une louve en danger. Et quand j'essaye de te raisonner, tu le prends mal et tu te retires.

— C'est vrai, reconnaît-elle, mais je n'ai personne d'autre que toi. Lorsque tu m'en veux, c'est le monde en entier qui me tourne le dos. Je donnerais tout ce que j'ai pour toi. C'est parce que j'essaye de te mériter coûte que coûte que j'accumule les maladresses. Aujourd'hui, je me suis interdit de te contrarier ou de te décevoir. Pourtant, c'est exactement ce que je n'arrête pas de faire.

— Dans ce cas, pourquoi persistes-tu dans l'erreur ?

— J'ai peur...

— De quoi ?

— Des jours qui viennent. Ils me terrifient. Si seulement tu pouvais me faciliter les choses.

— Comment ?

— En me répétant ce que le médecin t'a dit au sujet de ma maladie.

— Encore ! s'écrie Atiq hors de lui.

D'un coup de pied, il renverse la table, se redresse d'un bond et, ramassant ses savates, sa cravache et son turban au passage, il sort dans la rue.

Restée seule, Mussarat se prend la tête à deux mains. Lentement, ses épaules menues se mettent à tressauter.

À quelques pâtés de mansardes de là, Mohsen Ramat ne dort pas, lui non plus. Allongé sur sa paillasse, les mains sous la nuque, il fixe la chandelle en train de transpirer sur une terrine, projetant des ombres trébuchantes contre les murs. Au-dessus de sa tête, le plafond décharné lui signale qu'un madrier ploie à rompre. La semaine dernière, un pan s'est détaché, dans la pièce voisine, manquant d'ensevelir Zunaira...

Zunaira qui s'est retranchée dans la cuisine et qui tarde à le rejoindre.

Ils ont soupé en silence, lui prostré, elle absente. Ils n'ont pas touché au repas, mordillant distraitement le bout de pain qu'ils ont mis une heure à avaler. Mohsen était gêné. Son récit, à propos de la mise à mort de la prostituée, a jeté le trouble sur la maison. En se confessant à Zunaira, il pensait soulager sa conscience, se reprendre en main. À aucun moment, il n'a soupçonné qu'il allait choquer son épouse à ce point. Plusieurs fois, il a essayé de tendre la main vers elle, de lui signifier combien il était navré ; son bras refusait de lui obéir ; il demeurait collé à son flanc, comme ankylosé. Zunaira ne l'encourageait pas. Elle gardait les yeux par terre, la nuque basse, les doigts effleurant à peine le rebord de la petite table. Elle mettait plus de temps à porter une bouchée de pain à ses lèvres qu'à mordre dedans. Lointaine, le geste machinal, elle refusait de remonter à la surface, de s'éveiller. Comme ni l'un ni l'autre ne mangeait vraiment, elle a ramassé le plateau et s'est retirée derrière le rideau. Mohsen l'a attendue longtemps, puis il est allé s'allonger sur la paillasse. Là encore, il l'a attendue. Zunaira n'est pas revenue. Il l'attend depuis deux heures, peut-être un peu plus, et Zunaira ne le rejoint toujours pas. De la cuisine, pas un bruit n'atteste qu'elle y est. Laver deux assiettes et vider une petite corbeille à pain ne demanderait pas plus d'un tournemain. Mohsen se remet sur son séant, patiente encore quelques instants avant de se décider à aller voir de quoi il retourne. En écartant le rideau, il découvre Zunaira étendue sur une natte, les genoux contre son ventre, tournée vers le mur. Il est sûr qu'elle ne dort pas, mais n'ose pas la déranger. Il recule sans bruit, enfile une robe et des sandales, souffle sur la chandelle et sort dans la rue. Une chaleur moite écrase le faubourg. Par endroits, des hommes bavardent dans des portes cochères ou au pied des murs. Mohsen ne juge pas nécessaire de s'éloigner de sa maison. Il s'assoit sur la marche, croise les bras sur la poitrine et cherche, dans le ciel, une étoile. En ce moment précis, un homme surgit tel un fauve devant lui et dévale la ruelle d'un pas courroucé. Le ricochet d'un rayon de lune éclaire son faciès racorni ; Mohsen reconnaît le geôlier qui a failli lui cingler la figure avec sa cravache, tout à l'heure, sur le seuil de l'échoppe.

5

Atiq Shaukat retourne dans la mosquée observer la prière d'El Icha dont il sera le dernier à se relever. Il passera de longues minutes, les mains ouvertes dans une fatiha, à réciter des versets et à demander aux saints et aux ancêtres de l'assister dans son *malheur*. Contraint, par ses anciennes blessures au genou, d'interrompre ses prosternations, il s'enfonce dans une encoignure encombrée de livres religieux et essaye de lire. Il n'arrive pas à se concentrer. Les textes s'entremêlent sous ses yeux et menacent de lui faire éclater la tête. Bientôt, la chaleur épaisse du sanctuaire l'oblige à rejoindre des groupes de fidèles éparpillés dans la cour. Les vieillards et les mendiants ont disparu, mais les invalides de guerre sont encore là, exhibant leurs infirmités comme des trophées. Le cul-de-jatte trône sur sa brouette, attentif aux récits de ses compagnons, prêt à acquiescer ou bien à protester. Le Goliath est revenu ; assis près d'un manchot, il écoute obséquieusement un vieillard raconter comment, avec une poignée de moudjahidin munie d'un seul fusil-mitrailleur, il a réussi à immobiliser une compagnie de chars soviétique.

Atiq ne résiste pas longtemps aux énormités des faits d'armes. Il quitte la mosquée et erre à travers les faubourgs aux allures d'hécatombes, usant de temps à autre de sa cravache pour repousser les mendiantes les plus acharnées. Sans s'en apercevoir, il se retrouve devant sa maison d'arrêt, y pénètre. Le silence des cellules l'apaise. Il décide d'y passer la nuit. À tâtons, il cherche la lampe tempête qu'il allume et s'étend sur le lit de camp, les mains sous la tête, les yeux rivés au plafond. Chaque fois que ses pensées le renvoient devant Mussarat, il assène un coup de pied dans le vide comme pour s'en débarrasser. La colère revient, par vagues successives, faire battre le sang à ses tempes et compresser sa poitrine. Il s'en veut de n'avoir pas osé crever l'abcès une fois pour toutes, dire ses quatre vérités à une épouse qui devrait s'estimer privilégiée par rapport à ces femelles dénaturées qui hantent les rues de Kaboul. Mussarat abuse de sa patience. Sa maladie ne constitue plus une circonstance atténuante ; il faut qu'elle apprenne à l'assumer...

Une ombre monstrueuse voile le mur. Atiq sursaute et s'empare de sa cravache.

— Ce n'est que moi, Nazish, le rassure une voix grelottante.

— On ne t'a pas appris à frapper avant d'entrer, grommelle Atiq, furieux.

— J'ai les mains chargées. Je ne voulais pas t'effrayer.

Atiq dirige sa lampe sur le visiteur. C'est un homme d'une soixantaine d'années, haut comme un mât, avec des épaules voûtées, un cou grotesque et une toque informe par-dessus des cheveux tourbillonnants. Son visage émacié s'étire vers le menton que prolonge une barbiche chenue, et ses yeux globuleux semblent lui jaillir du front comme sous l'effet d'une douleur atroce.

Il reste debout dans l'embrasure, le sourire indécis, attendant un signe de la part du geôlier pour avancer ou rebrousser chemin.

— J'ai vu de la lumière, explique-t-il. J'ai dit le

brave Atiq n'est pas bien, il faut que j'aille lui tenir compagnie. Mais je ne suis pas venu les mains vides. J'ai apporté un peu de viande séchée et des baies.

Atiq réfléchit puis il hausse les épaules et désigne une peau de mouton par terre. Trop heureux d'être admis, Nazish s'installe à l'endroit indiqué, défait un petit balluchon et étale sa générosité aux pieds du geôlier.

— J'ai dit Atiq a été énervé chez lui. Il ne serait pas venu à cette heure dans la prison où il n'y a pas de détenus s'il n'avait pas eu besoin de se changer les idées. Moi non plus, je ne suis pas à l'aise à la maison. Mon centenaire de père ne veut pas s'assagir. Il a perdu la vue et l'usage de ses jambes, mais il a gardé intacte sa grogne. Il est tout le temps en train de râler. Avant, pour le faire taire, on lui donnait à manger. Maintenant, on n'a pas grand-chose à se mettre sous la dent, et comme il a perdu les siennes, plus rien ne retient sa langue. Des fois, il commence par demander le silence, et c'est lui qui ne s'arrête plus. Il y a deux jours, il n'a pas voulu se réveiller. Mes filles l'ont secoué, aspergé d'eau ; il n'a pas bougé. J'ai pris son poignet, pas de pouls. J'ai mis mon oreille contre sa poitrine, pas de souffle. J'ai dit bon il est mort, on va alerter la famille et lui préparer de belles funérailles. J'étais sorti annoncer la nouvelle aux voisins, puis je suis allé faire part du décès du doyen de la tribu aux cousins, neveux, proches et amis. J'ai passé la matinée à recevoir les condoléances et les preuves de sympathie. À midi, je retourne chez moi. Et qui je trouve dans la cour en train de râler après tout le monde ? Mon père, en chair et en os, aussi vif que ses invectives, la bouche ouverte sur ses gencives blanchâtres. Je crois qu'il n'a plus toute sa tête. On ne peut ni s'attabler ni s'aliter, avec lui. Dès qu'il voit passer quelqu'un, il lui saute dessus et trouve des reproches à lui faire. Des fois, je perds la tête, moi aussi, et je me mets à crier après lui. Les voisins interviennent, et tous trouvent que je fais du tort au Seigneur en manquant de patience vis-à-vis de mon géniteur. Pour ne plus contrarier Dieu, je passe le plus clair de mon temps dehors. Même mes repas, je les prends dans la rue.

Atiq dodeline de la tête. Tristement. Nazish n'est plus le même, lui non plus. Il l'a connu muphti à Kaboul, il y a une décennie. Il n'était pas adulé, mais ses prêches du vendredi rassemblaient des centaines de fidèles. Il habitait une grande maison, avec un jardin et un portail en fer forgé et il lui arrivait parfois d'être convié à des cérémonies officielles au même titre que les notables. Ses fils ont été tués durant la guerre contre les Russes, ce qui l'élevait dans l'estime des autorités locales. Il n'avait pas l'air de se plaindre de quelque chose et personne ne lui connaissait d'ennemis. Il vivait dans une décence relative, de la mosquée à la maison, et de la maison à la mosquée. Il lisait beaucoup ; son érudition imposait le respect même s'il n'était qu'occasionnellement sollicité. Puis, sans crier gare, on le vit un matin, les yeux révulsés et la bouche salivante, marcher en gesticulant le long des avenues. On a d'abord diagnostiqué une possession que les exorcistes combattirent en vain, ensuite, il fut interné quelques mois dans un asile. Il ne recouvra plus l'ensemble de ses facultés. Quelquefois, lui revient un soupçon de lucidité et il s'isole pour cacher la honte de ce qu'il est devenu. Souvent, il est là, devant le pas de sa porte, assis sous un parasol décoloré à regarder passer les jours et les gens avec une égale indifférence.

— Tu sais ce que je vais faire, Atiq ?

— Comment le savoir ? Tu ne me dis jamais rien.

Nazish tend l'oreille puis, certain que personne ne risquerait de l'entendre, il se penche sur le geôlier et lui confie dans un chuchotement :

— Je vais partir...

— Tu vas partir où ?

Nazish regarde du côté de la porte, retient sa respiration et écoute. Peu rassuré, il se lève, sort dans la rue vérifier s'il y a quelqu'un et revient, les prunelles pétillantes d'une jubilation démente.

— Je n'en sais fichtre rien. Je vais partir, un point c'est tout. J'ai préparé mon balluchon, mon gourdin et mon argent. Dès que mon pied droit sera guéri, je leur rendrai leur carte de rationnement, tous les papiers que j'ai et, sans dire merci ni adieu, je m'en irai. Je prendrai au hasard un chemin et le suivrai jusqu'à l'océan. Et quand j'arriverai sur le bord de la mer, je me jetterai à l'eau. Je ne reviendrai plus à Kaboul. C'est une ville damnée. Il n'y a plus de salut. Trop de gens meurent, et les rues sont pleines de veuves et d'orphelins.

— Et de taliban aussi.

Nazish se retourne vivement vers la porte, effarouché par la remarque du geôlier, puis son bras famélique décrit un geste dégoûté et son cou s'allonge d'un pouce lorsqu'il maugrée :

— Ceux-là, ils ne perdent rien pour attendre.

Atiq opine du chef. Il ramasse une tranche de viande séchée, la scrute d'un air dubitatif. Nazish enfourne deux bouchées pour lui prouver qu'il n'y a pas de risque. Atiq renifle encore le morceau de chair avant de le reposer ; il choisit un fruit et mord dedans avec appétit.

— Quand est-ce qu'il sera guéri, ton pied ?

— Dans une semaine ou deux. Et après, sans rien dire à personne, je prends mes cliques et claques et pfuit ! ni vu ni connu. Je marcherai jusqu'à tomber dans les pommes, droit devant moi, sans parler aux gens, sans même en rencontrer sur ma route. Marcher, marcher, marcher jusqu'à ce que la plante de mes pieds se confonde avec les semelles de mes savates.

Atiq se pourlèche les babines, cueille un deuxième fruit, l'essuie contre son gilet et l'avale en entier.

— Tu dis toujours que tu vas partir, et tu es toujours là.

— Mon pied est malade.

— Avant, c'était ta hanche qui te faisait souffrir, et avant ta hanche, c'était ton dos, et avant ton dos, c'étaient tes yeux. Ça fait des mois que tu parles de ton départ, et tu es encore là. Comme hier, comme demain. Tu n'iras nulle part, Nazish.

— Si, je m'en irai. Et j'effacerai les traces de mes pas sur les sentiers. Personne ne saura où je suis parti, et moi, je ne saurai pas retrouver mon chemin si l'envie de retourner chez moi me rattrapait.

— Mais non, dit Atiq dans l'intention manifeste d'être désagréable comme si le fait de contrarier le pauvre bougre allait le venger de ses propres déconvenues, tu ne partiras pas. À l'instar des arbres, tu resteras planté au milieu du faubourg. Non pas que des racines te retiennent, mais les gens de ton acabit ne savent pas s'aventurer plus loin que la portée de leur regard. Ils fantasment sur des contrées lointaines, des chemins interminables, d'invraisemblables expéditions parce qu'ils ne pourront pas les réaliser.

— Comment le sais-tu ?

— Je le sais.

— Tu ne peux pas savoir ce que nous réservent les lendemains, Atiq. Dieu seul est omniscient.

— On n'a pas besoin de consulter une boule de cristal pour prévoir ce que feront les mendiants demain. Demain, au lever du jour, on les retrouvera au même endroit, la main tendue et la voix hennissante, exactement comme hier et les jours d'avant.

— Je ne suis pas un mendiant.

— À Kaboul, nous sommes tous des mendiants. Et toi, Nazish, demain, tu seras sur le pas de ta porte, à l'ombre de ton foutu parasol crevé, à attendre que tes filles t'apportent ton repas de misère que tu consommeras à ras la chaussée.

Nazish est peiné. Il ne comprend pas pourquoi le geôlier refuse de le croire capable d'initiative somme toute fréquente chez bon nombre de gens, et ignore comment l'en convaincre. Il observe un silence au bout duquel il tire vers lui son petit balluchon, estimant que le geôlier n'est plus digne de sa générosité.

Atiq ricane et cueille exprès une troisième baie qu'il met de côté.

— Avant, quand je parlais, on me croyait, dit Nazish.

— Avant, tu avais toute ta tête, lui fait le geôlier intraitable.

— Tu penses que je suis fêlé, maintenant ?

— Je ne suis pas le seul, hélas !

Nazish secoue le menton, consterné. D'une main un peu perdue, il ramasse son balluchon et se lève.

— Je vais chez moi, dit-il.

— Excellente idée.

Il traîne jusqu'à la porte, la mort dans l'âme. Avant de disparaître, il avoue d'une voix détimbrée :

— C'est vrai. Toutes les nuits je dis que je vais partir, et tous les jours je suis encore là. Je me demande ce qui peut bien me retenir ici.

Nazish parti, Atiq s'allonge de nouveau sur le lit de camp et joint ses doigts sous sa nuque. Le plafond de la bâtisse ne lui inspirant aucune évasion, il se remet sur son séant et se prend les joues dans les mains. Un flot de colère lui remonte à la tête. Poings et mâchoires crispés, il se redresse pour rentrer chez lui en jurant que si son épouse s'obstine dans son attitude de victime expiatoire, il ne la ménagera plus.

6

Mohsen Ramat est soulagé. Apparemment, la nuit a adouci les humeurs de Zunaira. Ce matin, elle s'est levée de bonne heure, rassérénée, les yeux plus captivants que jamais. Mohsen a pensé qu'elle avait peut-être oublié le malentendu de la veille et qu'elle allait s'en souvenir et le bouder encore. Zunaira n'a pas oublié ; elle a juste compris que son mari était désemparé et qu'il avait besoin d'elle. Lui en vouloir pour un geste primaire, antédiluvien, rebutant et insensé, un geste absurde mais significatif de l'état des lieux afghans, un geste atroce qu'il regrette et subit comme un cas de conscience ne consisterait qu'à le fragiliser davantage. Les choses vont de mal en pis, à Kaboul, charriant dans leur dérive les hommes et les mœurs. C'est le chaos dans le chaos, le naufrage dans le naufrage, et malheur aux imprudents. Un être isolé est irrémédiablement perdu. L'autre jour, un fou criait à tue-tête dans le faubourg que Dieu avait failli. Ce pauvre diable, de toute évidence, ignorait où il en était, ce qu'il était advenu de sa lucidité. Intraitables, les taliban n'ont pas trouvé de circonstances atténuantes à sa folie et ils l'ont fouetté à mort sur la place publique, les yeux bandés et la bouche bâillonnée.

Zunaira n'est pas un taliban, et son mari n'est pas fou ; s'il s'est égaré un instant, le temps d'une hystérie collective, c'est parce que les horreurs quotidiennes s'avèrent plus fortes que l'éveil, et la déchéance humaine plus profonde que les abysses. Mohsen est en train de s'aligner sur les autres, de ressembler à leur détresse, de s'identifier à leur régression. Son geste est la preuve que tout peut basculer sans crier gare.

La nuit a été longue pour l'un comme pour l'autre. Mohsen est resté assis sur sa dalle jusqu'à l'appel du muezzin, pétrifié dans son désarroi. Zunaira, non plus, n'a pas fermé l'œil une seconde. Recroquevillée sur sa natte, elle s'est réfugiée dans de lointains souvenirs, ceux du temps où, à la place des gibets qui enlaidissent les esplanades poussiéreuses d'aujourd'hui, s'élevait le chant des enfants. Ce n'était pas tous les jours la fête, mais aucun énergumène ne criait au sacrilège lorsque les cerfs-volants voltigeaient dans les airs. La main de Mohsen prenait certes un certain nombre de précautions avant d'effleurer celle de son égérie, et cela ne minimisait en rien la passion qu'ils éprouvaient l'un pour l'autre. Les traditions étaient ainsi, il fallait vivre avec. Loin de les contrarier, la discrétion préservait leur idylle du mauvais œil, ajoutait aux frissons qui se déclenchaient dans leur poitrine chaque fois que leurs doigts parvenaient à fausser compagnie aux interdits pour une touche magique, extatique. Ils s'étaient connus à l'université. Lui, fils de bourgeois ; elle, fille de notable. Il étudiait les sciences politiques pour prétendre à une carrière dans la diplomatie ; elle ambitionnait de décrocher un titre de magistrat. Il était un jeune homme sans histoires, pieux sans excès ; elle était musulmane éclairée, portait des robes décentes, quelquefois des sarouals bouffants, le foulard en exergue, et militait activement pour l'émancipation de la femme. Son zèle n'avait d'égal que les éloges qu'on lui consacrait. C'était une fille brillante. Sa beauté exaltait les esprits. Les jeunes gens ne se lassaient pas de la dévorer des yeux. Tous rêvaient de l'épouser.

Mais Mohsen était son élu ; elle s'était éprise de lui du premier regard. Il était courtois, et rougissait plus promptement qu'une pucelle quand elle lui souriait. Ils s'étaient mariés très jeunes et très vite, comme s'ils avaient deviné que le pire était déjà aux portes de la ville.

Mohsen ne cache pas son soulagement. Il cherche même à l'étaler sans réserve devant son épouse, pour qu'elle mesure à quel point il languit d'elle sitôt qu'elle a le dos tourné. Il ne supporte pas qu'elle lui fasse la tête ; elle est le dernier cordon qui le retient encore à quelque chose en ce monde.

Zunaira ne dit rien. Mais son sourire est éloquent. Ce n'est pas le grand sourire que son époux lui connaît cependant, il suffit largement à son bonheur.

Elle lui sert le petit déjeuner et prend place sur le pouf, les mains croisées sur les genoux. Ses yeux de houri traquent une volute de fumée avant de jeter leur dévolu sur ceux de son mari.

— Tu t'es levé très tôt, dit-elle.

Il sursaute, surpris de l'entendre s'adresser à lui comme si de rien n'était. Sa voix est douce, presque maternelle ; il en déduit que la page est tournée.

Mohsen se dépêche d'avaler le bout de pain, manque de s'en étrangler. Il s'essuie la bouche dans un mouchoir et confie :

— J'étais allé à la mosquée.

Elle fronce ses magnifiques sourcils :

— À trois heures du matin ?

Il déglutit encore pour s'éclaircir la voix, cherche un argument plausible et tente :

— Je n'avais pas sommeil, alors je suis sorti me rafraîchir sur le pas de la porte.

— C'est vrai, il a fait très chaud, cette nuit.

Tous les deux s'accordent à reconnaître que la moiteur et les moustiques sont particulièrement désagréables, ces derniers jours. Mohsen renchérit que la majorité des voisins s'étaient rabattus sur la rue pour fuir la fournaise de leur masure, que certains ne sont rentrés chez eux qu'aux aurores. La discussion tourne autour des inclémences de la saison, de la sécheresse qui sévit depuis des années en Afghanistan, et des maladies qui s'abattent comme des faucons fous sur les familles. Ils parlent de tout et de rien sans, à aucun moment, faire allusion au malentendu de la veille ni aux exécutions publiques qui ont tendance à se vulgariser.

— Et si on allait faire un tour au marché ? propose Mohsen.

— Nous n'avons pas le sou.

— On n'est pas obligés d'acheter. On se contentera de jeter un œil sur le tas de vieilleries que l'on fait passer pour des antiquités.

— Ça nous avancera à quoi ?

— À pas grand-chose, mais ça nous fera marcher.

Zunaira rit doucement, amusé par l'humour pathétique de son mari.

— Tu n'es pas bien, ici ?

Mohsen soupçonne le piège. Il gratte, d'une main embarrassée, les poils follets sur ses joues, ébauche une petite moue :

— Ça n'a rien à voir. J'ai envie de sortir avec toi. Comme au bon vieux temps.

— Les temps ont changé.

— Pas nous.

— Et qui sommes-nous ?

Mohsen s'adosse contre le mur et croise les bras sur sa poitrine. Il tente de méditer la question de sa femme, la trouve excessive :

— Pourquoi dis-tu des sottises ?

— Parce que c'est la vérité. Nous ne sommes plus rien. Nous n'avons pas su préserver nos acquis, alors les apprentis mollahs les ont réquisitionnés. J'aimerais bien sortir avec toi, tous les jours, tous les soirs, glisser ma main sous ton bras et me laisser emporter par ta foulée. Ce serait merveilleux, toi et moi, debout l'un contre l'autre, devant une vitrine ou bien autour d'une table, à bavarder et à bâtir d'invraisemblables projets. Mais ce n'est plus possible, maintenant. Il y aura constamment un épouvantail malodorant, armé jusqu'aux dents, pour nous rappeler à l'ordre et nous interdire de parler à l'air libre. Plutôt que subir un tel affront, je préfère m'emmurer chez moi. Ici, au moins, lorsque le miroir me renvoie mon reflet, je ne m'abrite pas derrière mes bras.

Mohsen n'est pas d'accord. Il étire davantage sa moue, montre l'indigence de la pièce, les tentures usées masquant les volets putrescents, les murs décrépis et les poutres périclitantes au-dessus de leur tête.

— On n'est pas chez nous, Zunaira. Notre maison, où nous avions créé notre monde, a été soufflée par un obus. Ici, c'est juste un refuge. J'ai envie qu'il ne devienne pas notre tombeau. Nous avons perdu nos fortunes ; ne perdons pas nos bonnes manières. Le seul moyen de lutte qui nous reste, pour refuser l'arbitraire et la barbarie, est de ne pas renoncer à notre éducation. Nous avons été élevés en êtres humains, avec un œil sur la part du Seigneur et un autre sur la part des mortels que nous sommes ; connu d'assez près les lustres et les réverbères pour ne croire qu'à la seule lumière des bougies, goûté aux joies de la vie et nous les avons trouvées aussi bonnes que les joies éternelles. Nous ne pouvons accepter que l'on nous assimile au bétail.

— N'est-ce pas ce que nous sommes devenus ?

— Je n'en suis pas certain. Les taliban ont profité d'un moment de flottement pour porter un coup terrible aux vaincus. Mais ce n'est pas le coup de grâce. Notre devoir est de nous en convaincre.

— Comment ?

— En faisant fi de leur diktat. Nous allons sortir. Toi et moi. Bien sûr, nous ne nous prendrons pas par la main, mais rien ne nous empêche de marcher côte à côte.

Zunaira fait non de la tête :

— Je ne tiens pas à rentrer avec un cœur gros comme ça, Mohsen. Les choses de la rue gâcheront ma journée inutilement. Je suis incapable de passer devant une horreur et de faire comme si de rien n'était. D'un autre côté, je refuse de porter le tchadri. De tous les bâts, il est le plus avilissant. Une tunique de Nessus ne causerait pas autant de dégâts à ma dignité que cet accoutrement funeste qui me chosifie en effaçant mon visage et en confisquant mon identité. Ici, au moins, je suis *moi*, Zunaira, épouse de Mohsen Ramat, trente-deux ans, magistrat licencié par l'obscurantisme, sans procès et sans indemnités, mais avec suffisamment de présence d'esprit pour me peigner tous les jours et veiller sur mes toilettes comme sur la prunelle de mes yeux. Avec ce voile maudit, je ne suis ni un être humain ni une bête, juste un affront ou une opprobre que l'on doit cacher telle une infirmité. C'est trop dur à assumer. Surtout pour une ancienne avocate, militante de la cause féminine. Je t'en prie, ne pense aucunement que je fais du chichi. J'aimerais bien en faire d'ailleurs, hélas ! le cœur n'y est plus. Ne me demande pas de renoncer à mon prénom, à mes traits, à la couleur de mes yeux et à la forme de mes lèvres pour une promenade à travers la misère et la désolation ; ne me demande pas d'être moins qu'une ombre, un froufrou anonyme lâché dans une galerie hostile. Tu sais combien je suis susceptible, Mohsen ; je m'en voudrais de t'en vouloir lorsque tu essayes seulement de me faire plaisir.

Mohsen lève les mains. Zunaira a soudain du chagrin pour cet homme qui n'arrive plus à se situer dans une société totalement chamboulée. Déjà, avant l'avènement des taliban, il manquait de verve et se contentait de puiser dans sa fortune plutôt que de s'investir dans des projets exigeants. Il n'était pas paresseux ; il abhorrait les difficultés et ne se compliquait guère la tâche. C'était un rentier sans excès, un excellent mari, affectueux et prévenant. Il ne la privait de rien, ne lui refusait rien et cédait si facilement à ses requêtes que souvent elle avait le sentiment d'abuser de sa gentillesse. Il était ainsi, le cœur sur la main, plus prompt à dire oui qu'à se poser des questions. Le bouleversement pluriel provoqué par les taliban l'a complètement déstabilisé. Mohsen n'a plus de repères, ni la force d'en réinventer d'autres. Il a perdu ses biens, ses privilèges, ses proches et ses amis. Réduit au rang d'intouchable, il végète au jour le jour, reportant à plus tard la promesse de se reprendre en main.

— Bon, concède-t-elle, c'est d'accord, nous allons sortir. Je préfère courir mille risques plutôt que de te voir abattu de la sorte.

— Je ne suis pas abattu, Zunaira. Si tu veux rester à la maison, c'est très bien. Je t'assure que je ne t'en veux pas. Tu as raison. Les rues de Kaboul sont odieuses. On ne sait jamais ce qui nous attend.

Zunaira sourit aux propos de son mari qui contrastent, de façon très nette, avec l'air navré qu'il affiche.

— Je vais chercher mon tchadri, dit-elle.

7

Atiq Shaukat porte sa main en visière. La canicule a encore de beaux jours devant elle. Il n'est pas encore neuf heures que le soleil implacable cogne comme un forgeron sur tout ce qui bouge. Les charretiers et les fourgons convergent vers le grand marché de la ville, les premiers chargés de caissons à moitié vides ou de produits maraîchers flétris, les seconds de passagers entassés les uns sur les autres tels des anchois. Les gens clopinent à travers les venelles, la sandale raclant le sol poudreux. Voile opaque et pas somnambulique, de maigres troupeaux de femmes rasent les murs sous la garde rapprochée de quelques mâles embarrassés. Puis, partout, sur la place, sur les chaussées, au milieu des voitures ou autour des estaminets, des mioches, des centaines de mioches aux narines verdâtres et aux prunelles incisives, livrés à eux-mêmes, à peine debout sur leurs jambes que déjà inquiétants, tressant en silence cette corde en chanvre avec laquelle, un jour prochain, ils pendront haut et court l'ultime salut de la nation. Atiq ressent toujours un profond malaise lorsqu'il les voit envahir inexorablement la ville, pareils à ces meutes de chiens qui rappliquent d'on ne sait où et qui, de poubelles en décharges, finissent par coloniser la cité et tenir en respect la population. Les innombrables medersa, qui poussent comme des champignons à chaque coin de rue, ne suffisent plus à les contenir. Tous les jours, leur nombre augmente et leur menace grandit, et à Kaboul personne ne s'en soucie. Atiq a, sa vie durant, déploré que Dieu ne lui ait pas donné d'enfants, mais, depuis que les rues ne savent quoi en faire, il s'estime heureux. À quoi sert de s'encombrer de marmaille pour la regarder crevoter à petits feux ou finir en chair à canon au large d'un *stan* qui se complaît dans une guerre interminable à laquelle il s'identifie ?

Persuadé que sa stérilité est une bénédiction, Atiq claque sa cravache contre sa cuisse et marche sur le centre-ville.

Nazish somnole à l'abri de son parasol, le cou tordu. À croire qu'il a passé la nuit là, sur le pas de sa porte, assis en fakir à ras le sol. En voyant arriver Atiq, il fait semblant de dormir. Atiq passe devant lui sans mot dire. Au bout d'une trentaine d'enjambées, il s'arrête, pèse le pour et le contre et revient sur ses pas. Nazish, qui le surveillait du coin de l'œil, crispe les poings et s'enfonce d'un cran dans son coin. Atiq se campe devant lui, les bras croisés sur la poitrine puis il s'accroupit et, du bout du doigt, se met à dessiner des formes géométriques dans la poussière.

— J'ai été vilain, hier soir, reconnaît-il.

Nazish serre les lèvres pour prononcer son air de chien battu.

— Je t'avais rien fait pourtant.

— Je te demande pardon.

— Bah !

— Si, j'insiste. Je me suis très mal conduit avec toi, Nazish. J'ai été méchant, et injuste, et stupide.

— Mais non, tu as juste été un petit peu déplaisant.

— Je m'en veux.

— Ce n'est pas nécessaire.

— Est-ce que tu me pardonnes ?

— Ça va de soi, voyons. Et puis, sincèrement, je

n'ai pas démérité. J'aurais dû raisonner une seconde avant de venir te déranger. Tu étais là, dans une prison vide, pour avoir la paix et réfléchir sur tes soucis à tête reposée. Et moi, je débarque sans m'annoncer et je te parle de choses qui ne te concernent pas. C'est ma faute. J'aurais pas dû te déranger.

— C'est vrai que j'avais besoin d'être seul.

— Alors, c'est à toi de me pardonner.

Atiq tend la main. Nazish la saisit avec empressement, la garde longtemps. Sans lâcher prise, il jette un coup œil circulaire pour être sûr que la voie est libre, se racle la gorge et chevrote d'une voix presque inaudible tant l'émotion est forte :

— Est-ce que tu penses qu'on pourra entendre de la musique à Kaboul, un jour ?

— Qui sait ?

L'étreinte du vieillard s'accentue et son cou décharné se tend pour prolonger sa complainte :

— J'ai envie d'entendre une chanson. Tu ne peux pas savoir combien j'en ai envie. Une chanson avec de la musique et une voix qui te secoue de la tête aux pieds. Est-ce que tu penses qu'on pourra, un jour ou un soir, allumer la radio et écouter se rallier les orchestres jusqu'à tomber dans les pommes ?

— Dieu seul est omniscient.

Les yeux du vieillard, un instant embrouillés, se mettent à brasiller d'un éclat douloureux qui semble remonter du plus profond de son être. Il dit :

— La musique est le véritable souffle de la vie. On mange pour ne pas mourir de faim. On chante pour s'entendre vivre. Tu comprends, Atiq ?

— En ce moment, je n'ai pas toute ma tête.

— Quand j'étais enfant, il m'arrivait souvent de ne pas trouver quoi me mettre sous la dent. Ce n'était pas grave. Il me suffisait de m'asseoir sur une branche et de souffler dans ma flûte pour couvrir les crissements de mon ventre. Et quand je chantais, tu ne me croiras pas si tu veux, j'étais bien dans ma peau.

Les deux hommes se regardent. Leur visage est tendu comme une crampe. Finalement, Atiq retire sa main pour se relever.

— Au revoir, Nazish.

Le vieillard acquiesce de la tête. Au moment où le geôlier s'apprête à poursuivre son chemin, il le retient par la basque de sa chemise.

— Est-ce que tu étais sincère, hier, Atiq ? Est-ce que tu penses que je ne partirai pas d'ici, que je resterai là planté comme un arbre et que jamais je ne verrai l'océan, ni les contrées lointaines ni le pied de l'horizon.

— C'est trop me demander.

— Je veux que tu me le dises en face. Tu n'es pas quelqu'un d'hypocrite et tu ne fais pas attention à la susceptibilité des gens quand tu leur étales sous la figure leur vérité. Je n'ai pas peur, et je ne t'en voudrai pas. Il faut que je sache une fois pour toutes : est-ce que tu penses que jamais je ne quitterai cette ville ?

— Si... les pieds devant, sans aucun doute.

Sur ce, il s'éloigne en claquant sa cravache contre son flanc.

Il aurait pu ménager le vieillard, se dit-il, lui faire croire que, même impossible, l'espoir était permis. Il ne comprend pas ce qu'il lui a pris, pourquoi, tout à coup, le malin plaisir de tisonner la détresse du pauvre bougre l'a emporté sur le reste. Cet irrésistible besoin de gâcher, en deux mots, ce qu'il implore en cent le préoccupe cependant, telle une démangeaison, il se gratterait au sang qu'il ne voudrait pas s'en défaire... Hier, en rentrant chez lui, il a trouvé Mussarat assoupie. Sans se l'expliquer, il a renversé exprès un tabouret, claqué les volets de la fenêtre et ne s'est mis au lit qu'après avoir récité, à voix haute, de longs versets.

Au matin, il s'est rendu compte de sa goujaterie. Pourtant, ce soir encore, pense-t-il, s'il trouvait son épouse endormie, il se conduirait de la même façon.

Il n'était pas ainsi, avant, Atiq. C'est vrai, il ne passait pas pour quelqu'un d'affable, mais il n'était pas mauvais, non plus. Trop pauvre pour être généreux, il n'exagérait point en s'abstenant de donner dans le but manifeste de n'attendre aucune contrepartie. De cette façon, n'exigeant rien de personne, il ne se sentait ni redevable ni obligé. Dans un pays où les cimetières rivalisent avec les terrains vagues en matière d'extension, où les cortèges funèbres prolongent les convois militaires, la guerre lui a appris à ne pas trop s'attacher aux êtres qu'une simple saute d'humeur pourrait lui ravir. Atiq s'était délibérément enfermé dans son cocon, à l'abri des peines perdues. Estimant en avoir assez vu pour s'attendrir sur le sort de son prochain, il se méfiait comme d'une teigne de sa sensiblerie et limitait la douleur du monde à sa propre souffrance. Pourtant, ces derniers temps, il ne se contente plus d'ignorer son entourage. Lui, qui s'était juré de ne s'occuper que de ses oignons, voilà qu'il ne répugne plus à s'inspirer des déconvenues des autres pour apprivoiser les siennes. Sans s'en apercevoir, il a développé une étrange agressivité, aussi impérieuse qu'insondable, qui semble seoir à ses états d'âme. Il ne veut plus être seul face à l'adversité ; mieux, il cherche à se prouver qu'en chargeant les autres, il supporterait plus facilement le poids de ses propres infortunes. Parfaitement conscient du tort qu'il inflige à Nazish, et loin d'en pâtir, il le savoure comme une prouesse. Est-ce cela, le « malin plaisir » ? Qu'importe, il lui convient et, même s'il ne lui réussit pas concrètement, il a le sentiment de ne pas perdre au change. C'est comme s'il prenait sa revanche sur quelque chose qui n'arrête pas de lui échapper. Depuis que Mussarat est tombée malade, il a l'intime conviction d'avoir été floué, que ses sacrifices, ses concessions, ses prières n'ont servi à rien ; que son destin ne s'assagira jamais, jamais, jamais...

— Tu devrais consulter un conjurateur, l'interpelle une grosse voix.

Atiq se retourne. Mirza Shah est assis à la même table qu'il occupait la veille, sur la terrasse de l'échoppe, en train d'égrener son chapelet. Il repousse sa toque sur le sommet de son crâne et fronce les sourcils :

— Tu n'es pas normal, Atiq. Je t'ai dit que je ne voulais plus te surprendre à parler tout seul dans la rue. Les gens ne sont pas aveugles. Ils vont te prendre pour un cinglé et lâcher leurs rejetons à tes trousses.

— Je n'ai pas encore commencé à déchirer mes vêtements, grogne Atiq.

— À cette allure, ça ne va pas tarder.

Atiq hausse les épaules et continue sa route.

Mirza Shah se prend le menton entre les doigts et branle la tête. Il observe le geôlier tandis qu'il se débine, certain de le voir reprendre ses pantomimes avant d'atteindre le bout de la rue.

Atiq est furieux. Il a l'impression que les yeux de la ville l'épient, que Mirza Shah le persécute. Il allonge le pas pour s'éloigner au plus vite, persuadé que l'homme attablé sur la terrasse derrière lui le surveille, prêt à lui lancer des remarques désobligeantes. Il est tellement en colère que, arrivé au coin de la rue, il entre en collision avec un couple, heurtant la femme en premier, puis trébuchant sur son compagnon qui doit s'accrocher au mur pour ne pas tomber à la renverse.

Atiq ramasse sa cravache, repousse l'homme qui tente de se relever et se hâte de disparaître.

— Un vrai mufle, maugrée Mohsen Ramat en s'époussetant.

Zunaira donne des taloches sur le bas de son tchadri.

— Il ne s'est même pas excusé, dit-elle amusée par la tête que fait son mari.

— Tu n'as rien ?

— Hormis une petite frayeur, rien.

— Eh bien, tant mieux.

Ils rajustent leur accoutrement, lui d'un geste irrité, elle en gloussant sous son masque. Mohsen perçoit le rire étouffé de son épouse. Il grogne un instant puis, apaisé par la bonne humeur de Zunaira, il pouffe à son tour. Aussitôt, une trique s'abat sur son épaule :

— Vous vous croyez au cirque ? lui crie un taliban en exorbitant des yeux laiteux dans son visage brûlé par les canicules.

Mohsen tente de protester. La trique pirouette dans l'air et l'atteint au visage.

— On ne rit pas dans la rue, insiste le sbire. S'il vous reste un soupçon de pudeur, rentrez chez vous et enfermez-vous à double tour.

Mohsen frémit de colère, une main sur sa joue.

— Qu'est-ce qu'il y a ? le nargue le taliban. Tu veux me crever les yeux ? Vas-y, montre voir ce que tu as dans le ventre, face de fille !

— Allons-nous-en, supplie Zunaira en tirant son époux par le bras.

— Ne le touche pas, toi ; reste à ta place, lui hurle le sbire en lui cinglant la hanche. Et ne parle pas en présence d'un étranger.

Attiré par l'altercation, un groupe de sbires s'approche, la cravache en évidence. Le plus grand lisse sa barbe d'un air narquois et demande à son collègue :

— Des problèmes ?

— Ils se croient au cirque.

Le grand dévisage Mohsen.

— Qui est cette femme ?

— Mon épouse.

— Eh bien, conduis-toi en homme. Apprends-lui à se tenir à l'écart quand tu discutes avec une tierce personne. Où tu vas comme ça ?

— J'emmène mon épouse chez ses parents, ment Mohsen.

Le sbire le toise intensément. Zunaira sent ses jambes sur le point de se dérober. Une peur panique s'empare d'elle. En son for intérieur, elle supplie son mari de garder son sang-froid.

— Tu la conduiras plus tard, décide le sbire. Pour l'instant, tu vas rejoindre les fidèles, dans la mosquée, là-bas. Le mollah Bashir va prêcher dans moins d'un quart d'heure.

— Je vous dis que je dois raccompagner...

Deux cravaches l'interrompent. Il les reçoit sur l'épaule, toutes les deux en même temps.

— Je te dis que le mollah Bashir va prêcher dans dix minutes... et tu me parles de raccompagner ta femme chez ses parents. Non, mais qu'est-ce que tu as à l'intérieur de ta boîte crânienne ? Dois-je comprendre que tu accordes plus d'importance à une visite familiale qu'au prêche de l'un de nos plus éminents érudits ?

Du bout de son martinet, il lui soulève le menton de façon à coincer son regard, le repousse avec dédain.

— Ton épouse va t'attendre ici, au pied de ce mur, en retrait. Tu la raccompagneras plus tard.

Mohsen lève les mains en signe de reddition et, après une œillade furtive en direction de sa femme, se dirige sur un édifice badigeonné de vert et de blanc autour duquel d'autres miliciens interceptent les passants pour les obliger à assister à l'intervention du mollah Bashir.

8

— Il n'y a aucun doute, dit le mollah Bashir du haut de son goitre.

Son doigt d'ogre brasse l'air comme un sabre.

Il tire sur son coussin pour s'asseoir convenablement, se trémousse dans le craquement de l'estrade qui lui sert de tribune, éléphantesque et vampirisant, le visage massif jaillissant au milieu d'une barbe filandreuse.

Ses yeux alertes balaient l'assistance, étincelants d'une intelligence vive, intimidante.

— Aucun doute là-dessus, mes frères. C'est aussi vrai que le soleil se lève à l'est. J'ai consulté les montagnes, interrogé les signes du ciel, l'eau des rivières et de la mer, les branches dans les arbres et les ornières sur les routes ; tous m'ont affirmé que l'Heure attendue est arrivée. Vous n'avez qu'à tendre l'oreille pour entendre chaque chose sur cette terre, chaque créature, chaque bruissement vous dire que le moment de gloire est à portée de nos mains, que l'imam El Mehdi est parmi nous, que nos chemins sont illuminés. Ceux qui en douteraient une seconde ne sont pas des nôtres. Le Diable les habite, et l'Enfer trouvera en leur chair d'inextinguibles combustibles. Vous les entendrez, l'éternité durant, regretter de n'avoir pas su saisir la chance que nous leur offrons sur un plateau d'argent :

la chance de rejoindre nos rangs, de se placer définitivement sous les ailes du Seigneur.

Son doigt frappe sèchement sur le plancher. De nouveau, son regard incendiaire accule l'assistance pétrifiée dans un silence sidéral :

— Ceux-là pourront nous supplier pendant des millions d'années, nous demeurerons sourds à leurs suppliques comme ils le sont à leur salut aujourd'hui.

Mohsen Ramat profite d'un remous aux premiers rangs pour jeter un coup d'œil par-dessus son épaule. Il voit Zunaira assise sur le perron d'une ruine, en face de la mosquée, à l'attendre. Un sbire s'approche d'elle, le fusil en bandoulière. Elle se lève, montre la mosquée d'une main apeurée. Le sbire regarde dans la direction indiquée, opine du chef puis se retire.

Le mollah Bashir tambourine sur le plancher pour exiger une attention soutenue :

— Il n'y a aucun doute, désormais. La Parole juste retentit aux quatre coins du monde. Les peuples musulmans rassemblent leurs forces et leurs convictions les plus intimes. Bientôt il n'y aura qu'une langue sur terre, qu'une loi, qu'un seul ordre : ceci ! s'écrie-t-il en brandissant un Coran... L'Occident a péri, il n'existe plus. Le modèle qu'il proposait aux nigauds a failli. C'est quoi, ce modèle ? C'est quoi au juste ce qu'il considère comme une émancipation, une modernité ? Les sociétés amorales qu'il a mises sur pied, où le profit prime, où les scrupules, la piété, la charité comptent pour des prunes, où les valeurs sont exclusivement financières, où les riches deviennent tyrans et les salariés forçats, où l'entreprise se substitue à la famille pour isoler les individus afin de les domestiquer puis de les congédier sans autre forme de procès, où la femme se complaît dans son statut de vice, où les hommes se marient entre eux, où la chair se négocie au vu et au su de tous sans susciter la moindre réaction, où des générations entières sont parquées dans des existences rudimentaires faites d'exclusion et d'appauvrissement ? C'est ça, le modèle qui fait sa fierté et sa réussite ? Non, braves croyants, on ne bâtit pas les monuments sur du sable mouvant. L'Occident est foutu, il est bel et bien crevé, sa puanteur asphyxie la couche d'ozone. C'est un univers mensonger. Ce que vous croyez discerner en lui n'est qu'un leurre, un fantôme ridicule, effondré sur les décombres de son inconsistance. C'est une supercherie, l'Occident, une énorme farce en train de se disloquer. Son pseudo-progrès est une fuite en avant. Son gigantisme de façade, une mascarade. Son zèle trahit sa panique. Il est aux abois, pris au piège, fait comme un rat. En perdant la foi, il a perdu son âme, et nous ne l'aiderons pas à retrouver l'une et l'autre. Il croit son économie en mesure de le mettre à l'abri ; il croit nous impressionner avec sa technologie de pointe, intercepter nos prières avec ses satellites ; il croit nous dissuader avec ses porte-avions et ses armées de pacotille... et oublie qu'on n'impressionne pas ceux qui ont choisi de mourir pour la gloire du Seigneur ; que si les radars n'arrivent pas à capter ses bombardiers furtifs, rien n'échappe au regard de Dieu.

Son poing s'abat avec hargne :

— Et qui oserait se mesurer à la colère de Dieu ?

Un sourire vorace lui retrousse les lèvres. De ses doigts, il essuie l'écume qui s'est épaissie au coin de sa bouche. Sa tête fait non, doucement, puis son doigt revient piocher le plancher comme s'il cherchait à le transpercer.

— Nous sommes les soldats de Dieu, mes frères. La victoire est notre vocation, le paradis notre caravansérail. Que l'un de nous succombe à ses blessures, et ne voilà-t-il pas un contingent de houris, belles comme mille soleils, pour le recueillir. *Ne croyez guère que ceux qui se sont sacrifiés pour la cause du Seigneur sont morts ; ils sont bel et bien vivants auprès de leur Maître qui les comble de ses bienfaits...* Quant à leurs martyrs, ils ne quitteront le calvaire d'ici-bas que pour la géhenne de toujours. Comme des charognes, leurs cadavres pourriront sur les champs de bataille et dans la mémoire des survivants. Ils n'auront droit ni à la miséricorde du Seigneur ni à notre pitié. Et rien ne nous empêchera d'assainir la terre des *mouminin*, pour que retentissent, de Jakarta à Jéricho, de Dakar à Mexico, de Khartoum à São Paulo et de Tunis à Chicago les clameurs triomphantes du minaret...

— *Allahou aqbar* ! explose un compagnon du mollah.

— *Allahou aqbar* ! s'ébranle l'assistance.

Zunaira sursaute lorsque la clameur tonne dans la mosquée. Croyant la séance terminée, elle ramasse les pans de son tchadri et attend de voir sortir les fidèles. Aucune silhouette n'émerge du sanctuaire. Bien au contraire, les sbires continuent d'intercepter les passants et de les diriger, à coups de fouet, sur la bâtisse peinte en vert et blanc. La voix du gourou reprend de plus belle, galvanisée par ses propres propos. Quelquefois, elle monte si haut que les taliban subjugués en oublient de contrôler les badauds. Même les enfants, déguenillés et hagards, se surprennent en train d'écouter le prêche avant de s'élancer en piaillant vers les ruelles saturées de monde.

Il doit être dix heures, et le soleil ne se retient plus. L'air est chargé de poussière. Momifiée dans son voile, Zunaira suffoque. La colère lui noue le ventre et lui obture la gorge. Une folle envie de soulever sa *cagoule* en quête d'une hypothétique bouffée de fraîcheur redouble sa nervosité. Mais elle n'ose même pas s'essuyer la figure ruisselante dans un pan de son tchadri. Telle une forcenée dans sa camisole, elle reste effondrée sur le perron, à dégouliner sous la chaleur et à écouter son halètement s'accélérer et le sang battre à ses tempes. Subitement, elle s'en veut d'être là, assise sur le seuil d'une ruine, semblable à un balluchon oublié, attirant tantôt l'œil intrigué des passantes tantôt le regard méprisant des taliban. Elle a le sentiment d'être un objet suspect exposé à toutes sortes d'interrogations, et cela la torture. La honte la gagne. Le besoin de s'enfuir, de retourner sur-le-champ à la maison et de claquer la porte derrière elle pour ne plus en ressortir lui taillade l'esprit. Pourquoi a-t-elle accepté de suivre son époux ? Qu'espérait-elle trouver, dans les rues de Kaboul, hormis la misère et les affronts ? Comment a-t-elle pu accepter d'enfiler ce monstrueux accoutrement qui la néantise, cette tente ambulante qui constitue sa destitution et sa geôle, avec son masque grillagé taillé dans son visage comme des moucharabiehs kaléidoscopiques, ses gants qui lui interdisent de reconnaître les choses au toucher, et le poids des abus ? Pourtant, c'est exactement ce qu'elle redoutait. Elle savait que sa témérité allait l'exposer à ce qu'elle déteste le plus, à ce qu'elle refuse jusque dans son sommeil : la déchéance. C'est une blessure incurable, une infirmité qu'on n'apprivoise pas, un traumatisme que n'apaisent ni les rééducations ni les thérapies et dont on ne peut s'accommoder sans sombrer dans le dégoût de soi-même. Et ce dégoût, Zunaira le perçoit nettement ; il fermente en elle, lui consume les tripes et menace de l'immoler. Elle le sent grandir au tréfonds de son être, pareil à un bûcher. C'est peut-être pour cela qu'elle dégouline et suffoque sous son tchadri, que sa gorge asséchée semble déverser comme une odeur de crémation dans son palais. Une rage incoercible lui oppresse la poitrine, malmène son cœur et gonfle les veines de son cou. Son regard s'embrouille : elle est sur le point d'éclater en sanglots. Avec un effort inouï, elle commence par crisper les poings pour contenir leurs tremblements, redresse le dos et s'applique à discipliner sa respiration. Lentement, elle refoule sa colère, cran par cran, fait le vide dans sa tête. Il faut qu'elle prenne son mal en patience, qu'elle tienne le coup jusqu'au retour de Mohsen. Une maladresse, une protestation, et elle s'exposerait inutilement au zèle des taliban.

Le mollah Bashir est fortement inspiré, constate Mohsen Ramat. Emporté par ses diatribes, il ne suspend ses envolées que pour cogner sur le plancher ou porter un carafon à ses lèvres incandescentes. Il parle depuis deux heures, véhément et gesticulant, la salive aussi blanchâtre que ses yeux. Son souffle de buffle vibrant dans la salle rappelle une secousse tellurique. Aux premiers rangs, les fidèles enturbannés ne se rendent pas compte de la fournaise. Ils sont littéralement subjugués par la prolixité du gourou, la bouche grande ouverte pour ne rien rater du flot de paroles désaltérantes cascadant sur eux. Derrière eux, les avis sont partagés ; il y a ceux qui s'instruisent, et ceux qui s'ennuient. Beaucoup ne sont pas contents d'être là au lieu de vaquer à leurs occupations. Ceux-là ne cessent de s'agiter et de se triturer les doigts. Un vieillard s'est assoupi, un taliban le secoue du bout de son gourdin. À peine réveillé, le pauvre bougre bat des paupières comme s'il ne reconnaissait pas l'endroit, s'essuie la figure avec la paume de sa main puis, après un bâillement, son cou d'oiseau se ramollit et il se rendort. Mohsen a, depuis longtemps, perdu le fil du sermon. Les propos du mollah ne l'atteignent plus. Inquiet, il n'arrête pas de se retourner vers Zunaira, là-bas de l'autre côté de la chaussée, immobile sur le perron. Il sait qu'elle est en train de souffrir sous sa tenture, du soleil et du fait de rester là, pareil à une anomalie au milieu des badauds, elle qui a horreur de se donner en spectacle. Il la regarde, espérant qu'elle le voie parmi ce ramassis d'individus au faciès grave et aux silences incongrus, peut-être comprend-elle combien il regrette la tournure qu'a prise une simple promenade dans une ville où les choses bougent fébrilement sans avancer vraiment. Quelque chose lui dit que Zunaira lui en veut. Sa roideur est ramassée comme celle d'une tigresse blessée contrainte de passer à l'attaque...

Une cravache siffle à hauteur de sa tempe :

— Ça se passe devant, lui rappelle le taliban.

Mohsen acquiesce et tourne le dos à son épouse. Avec chagrin.

Le prêche fini, les ouailles des premiers rangs se soulèvent dans un mouvement euphorique et dégringolent sur le gourou pour lui baiser la main ou un morceau de son turban. Mohsen doit patienter jusqu'à ce que les taliban autorisent les fidèles à quitter la mosquée. Lorsque, enfin, il parvient à se soustraire aux bousculades, Zunaira est abasourdie par le soleil. Elle a l'impression que le monde s'est obscurci, que les bruits alentour pirouettent au ralenti, et a du mal à se relever.

— Tu ne te sens pas bien ? lui demande Mohsen.

Elle trouve la question si saugrenue qu'elle ne daigne pas y répondre.

— Je veux rentrer à la maison, dit-elle.

Elle tente de reprendre ses sens, appuyée contre la porte cochère puis, sans un mot, elle se met à marcher en chancelant, le regard incertain, la tête en ébullition. Mohsen essaye de la soutenir, elle le repousse sans ménagement.

— Ne me touche pas, lui crie-t-elle d'une voix écorchée.

Mohsen reçoit le cri de sa femme avec la même douleur que celle que lui avaient infligée, deux heures auparavant, les deux cravaches qui s'étaient abattues en même temps sur son épaule.

9

Le conducteur donne un violent coup de volant pour éviter une énorme pierre sur la route, se déporte n'importe comment sur le bas-côté. Les freins défaillants ne parviennent pas à ralentir le gros 4×4 qui, dans un assourdissant claquement d'amortisseurs, rebondit sur une crevasse avant de s'arrêter miraculeusement au bord du fossé.

Imperturbable, Qassim Abdul Jabbar se contente de branler la tête.

— Tu veux nous tuer ou quoi ?

Le conducteur déglutit en constatant que l'une des roues est à moins de dix centimètres du précipice. Il s'éponge dans un pan de son turban, marmotte une incantation, enclenche la marche arrière et fait reculer la voiture.

— D'où est-ce qu'il est tombé, ce foutu rocher ?

— C'est peut-être une météorite, ironise Qassim.

Le conducteur cherche autour de lui un endroit susceptible de lui expliquer comment la grosse pierre a pu rouler jusqu'à la route. En levant les yeux sur la crête la plus proche, il surprend un vieillard en train de gravir les flancs de la colline. Il fronce les sourcils :

— C'est pas Nazish, là-haut ?

Qassim suit le regard du conducteur.

— Ça m'étonnerait.

Le conducteur plisse les paupières pour se concentrer sur la loque humaine escaladant dangereusement la colline.

— Si c'est pas Nazish, ça doit être son frère jumeau.

— Ne t'occupe pas de lui et tâche de me ramener à la maison en entier.

Le conducteur opine du chef et, incorrigible, lance à toute allure le 4×4 sur la piste accidentée. Avant de disparaître au détour d'un tertre, il jette un dernier coup dans le rétroviseur, convaincu que le vieillard en question est bel et bien le simplet qui vient de temps à autre rôder autour de la maison d'arrêt que hante Atiq Shaukat.

Épuisé, la gorge en feu et les mollets cisaillés, Nazish s'effondre au sommet de la crête. À quatre pattes, il essaye de reprendre son souffle, puis il s'allonge sur le dos et s'abandonne au vertige. Le ciel, à portée de sa main, lui inspire un sentiment d'une rare légèreté ; il a l'impression d'éclore comme une chrysalide, de se faufiler, volute par volute, entre les mailles avachies de son corps. Il reste ainsi, étendu par terre, la poitrine palpitante et les bras en croix. Lorsque le rythme de son souffle se discipline, il se remet sur son séant et porte sa gourde à sa bouche. Maintenant qu'il a vaincu la montagne, rien ne l'empêcherait de se mesurer à l'horizon. Il se sent capable de marcher jusqu'au bout du monde. Fier de son exploit, inimaginable pour un homme de son âge, il brandit son poing dans le ciel et laisse planer son regard revanchard au-dessus de cette vieille nécromancienne de Kaboul, opiniâtrement enserrée dans ses tourments, gisant là, à ses pieds, disloquée, hirsute, à plat ventre, les mâchoires brisées à force de mordre la poussière. Il fut un temps où sa légende rivalisait avec celle de Samarcande ou de Bagdad, où les rois, à peine intronisés, rêvaient aussitôt d'empires plus vastes que le firmament... Ce temps-là est révolu, songe Nazish avec dépit, on ne le reprendra plus à tourner autour du souvenir. Car Kaboul a horreur du souvenir. Elle a fait exécuter son histoire sur la place publique, immolé les noms de ses rues dans de terrifiants autodafés, pulvérisé ses monuments à coups de dynamite et résilié les serments que ses fondateurs ont signés dans le sang ennemi. Aujourd'hui, les ennemis de Kaboul sont ses propres rejetons. Ils ont renié leurs ancêtres et se sont défigurés afin de ne ressembler à personne, surtout pas à ces êtres assujettis qui errent, tels des spectres, à travers le mépris des taliban et l'anathème des gourous.

À un jet de pierre, un varan trône sur un rocher, sa longue queue pareille à un sabre à côté de lui. Décidément ! la trêve, chez les prédateurs, est un grave malentendu. Au pays des Afghans, que l'on relève des tribus ou de la faune, que l'on soit nomade ou gardien de temple, on ne se sent vivre qu'à proximité d'une arme. Le varan roi est ainsi en faction ; il hume l'air à l'affût des traquenards. Or, Nazish *ne veut plus* entendre parler de bataille, de siège, de sabre ou de fusil ; il ne veut plus se fier au regard vindicatif des mioches. Il a décidé de tourner le dos aux clameurs des mitrailles, d'aller se recueillir sur les plages sauvages et voir de plus près l'océan. Il *veut* se rendre dans ce pays qu'il a puisé de ses utopies, construit avec ses soupirs et ses prières, et ses vœux les plus chers ; un pays où les arbres ne meurent pas d'ennui, où les sentiers voyagent au même titre que les oiseaux, où personne ne viendrait mettre en doute sa détermination de parcourir les contrées immuables d'où il ne reviendra jamais. Il ramasse sept cailloux. Longtemps son regard nargue la ville où pas un repère ne l'interpelle. Soudain, son bras se décomprime et il lance très loin ses projectiles pour conjurer le sort et lapider le Malin sur son chemin.

Le 4×4 tangue follement sur la piste imprévisible.

Le dérapage de tout à l'heure n'a pas assagi le conducteur. Qassim Abdul Jabbar s'agrippe à la portière et prend son mal en patience. Depuis qu'ils ont quitté le village tribal, le jeune chauffeur n'en fait qu'à sa tête. Ayant appris à conduire sur le tas, à l'instar de la majorité des combattants, il ne se rend pas compte des dégâts qu'il inflige au véhicule. Pour lui, la docilité de l'engin s'évalue en fonction de la vitesse qu'on lui arrache des tripes, un peu comme avec les canassons. Qassim s'accroche à son siège et essaye de ne pas faire cas de lui, certain qu'aucun argument ne viendrait à bout de son entêtement. Il pense à la tribu que la guerre a dégarnie, aux veuves et aux orphelins dont le nombre a outrepassé les limites du tolérable, au cheptel décimé par l'inclémence des saisons, au village délabré où il n'a pas jugé nécessaire de s'attarder. Si ça ne tenait qu'à lui, il n'y remettrait plus les pieds. Mais sa mère vient de mourir. Elle a été enterrée la veille. Arrivé trop tard aux funérailles, il s'est contenté de se recueillir sur sa tombe. Quelques minutes de silence et un verset ont suffi. Puis, il a glissé une liasse de billets de banque sous le gilet de son père et a sommé le conducteur de le ramener à Kaboul.

— On aurait pu rester jusqu'à demain, dit le chauffeur comme s'il lisait dans ses pensées.

— Pourquoi ?

— Nous reposer, tiens. On n'a même pas cassé la croûte.

— Il n'y avait rien à faire, là-bas.

— Tu étais chez les tiens.

— Et alors ?

— Ben, je ne sais pas, moi. À ta place, j'aurais pris mon temps. Tu n'es pas rentré au village depuis combien de semaines ? Des mois et des mois, ou bien des années.

— Je ne suis pas à l'aise, au village.

Le conducteur acquiesce, sans trop y croire. Il surveille son passager du coin de l'œil, lui trouvant une attitude bizarre pour quelqu'un qui vient de perdre sa mère. Il attend de négocier un virage pour le relancer.

— Un cousin à toi m'a raconté que ta mère était une sainte.

— C'était une femme bien.

— Elle va te manquer ?

— Probable, mais je ne vois pas comment. Elle était sourde-muette. Je ne garderai d'elle que très peu de chose, à vrai dire. En plus, j'étais parti très jeune. À douze ans, je courais d'une frontière à l'autre après mon bol de riz. Je rentrais rarement au bercail. Un ramadan sur trois. Ce qui fait que je n'ai pas connu la défunte comme il se devait. Pour moi, c'était la femme qui m'avait mis au monde. Point, à la ligne. J'étais le sixième de ses quatorze gosses, et le moins intéressant. Renfrogné, inabordable, le poing plus prompt que le cri, je trouvais qu'il y avait trop de monde au taudis. Et pas assez d'ambition. D'un autre côté, la défunte était d'une discrétion déconcertante. Le vieux aimait à dire qu'il l'avait épousée pour qu'elle ne discute pas ses ordres. Ça le faisait rire à gorge déployée. Un sacré plaisantin, le vieux. Dur à la détente, mais pas exigeant ni mauvais pour un sou. Il n'avait pas de raison de l'être. Les rares scènes de ménage se déroulaient en silence et l'amusaient plus qu'elles ne le sortaient de ses gonds...

Ses évocations remplissent son regard d'un lointain miroitement. Les lèvres en avant, il se tait. Il n'est pas triste ; plutôt désappointé, comme si les souvenirs le dérangeaient. Après un long silence, il se racle la gorge et ajoute en se retournant d'un bloc sur sa gauche :

— C'était peut-être une sainte. Après tout, pourquoi pas ? Elle n'entendait ni ne proférait de vilenies.

— Une bienheureuse, quoi.

— Pas à ce point, quand même. C'était quelqu'un de tranquille, sans histoires et sans inimitiés. Pour moi, elle incarnait son sourire, toujours le même, large quand elle était satisfaite, petit lorsqu'on la contrariait. Si j'étais parti trop jeune, c'est sûrement à cause de ça. Avec elle, il me semblait que je m'adressais à un mur.

Le conducteur penche la tête par-dessus bord pour cracher. Sa salive pirouette dans la poussière avant de se rabattre sur sa barbe. Il l'essuie du revers de la main et dit, sur un ton curieusement enjoué :

— Je n'ai pas connu ma mère. Elle est morte en me mettant au monde. Elle avait quatorze ans. Le vieux faisait paître le troupeau à deux pas. À peine pubère. Un peu perdu dans ses enfantillages. Quand ma mère s'est mise à gémir, il n'a pas paniqué. Au lieu d'aller trouver les voisins, il a voulu se débrouiller seul. Comme un grand. Ça a très vite mal tourné. Il s'est obstiné. Et voilà. Il ignore comment j'ai survécu ; pire, il ne comprend pas pourquoi ma mère lui a claqué entre les mains. Ça le travaille encore, après tant d'années et quatre mariages... Elle a beaucoup souffert avant de rendre l'âme, ma mère. Je l'ai pas connue, pourtant, elle est toujours là, à mes côtés. Je t'assure que des fois je perçois son souffle sur mon visage. C'est mon troisième mariage en moins d'un an.

— À cause d'elle ?

— Non, mes deux premières épouses étaient indociles. Elles n'étaient pas dynamiques et posaient trop de questions.

Qassim ne voit pas le rapport. Il renverse la nuque sur le dossier et fixe le plafonnier. Au détour d'un virage, Kaboul !... recroquevillée au milieu de ses boulevards en charpie, semblable à une farce tragique, avec, en retrait, tel un rapace attendant la curée, la sinistre prison de Pul-e-Charki. Les yeux de Qassim s'illuminent d'une lueur singulière. S'il ne manque aucune occasion d'accompagner les misérables au pied de l'échafaud, c'est précisément pour attirer l'attention des mollahs sur lui. Il a été un excellent guerrier. Sa réputation de milicien est louable. Un jour, à force de persévérance et de dévouement, il finira par amener les décideurs à le nommer directeur de cette forteresse, c'est-à-dire du plus important établissement pénitentiaire du pays. Il pourra ainsi s'élever au rang des notables, nouer des relations et se lancer dans les affaires. Alors seulement il savourera le repos du guerrier.

— Elle doit être au paradis, à l'heure qu'il est ?

— Qui ? sursaute Qassim.

— Ta mère.

Qassim dévisage le conducteur qui ne semble pas avoir toute sa tête. Ce dernier lui sourit en manœuvrant grossièrement au milieu d'une toile d'ornières. À cet instant, le virage tourne le dos à la ville et la forteresse de Pul-e-Charki s'éclipse derrière une carrière de grès.

Plus bas, beaucoup plus bas, là où se noie le talweg dans les eaux fallacieuses du mirage, une escouade de chameaux remonte le talus. Plus bas encore, debout au cœur d'un cimetière, Mohsen Ramat contemple la montagne que parcourt le scintillement d'un gros 4×4. Chaque matin, il vient par ici contempler les cimes taciturnes, sans toutefois oser les escalader. Depuis que Zunaira s'est repliée derrière un mutisme accablant, il ne supporte plus la promiscuité. Dès qu'il sort de chez lui, il se dépêche de regagner le vieux cimetière et s'isole ainsi des heures durant, à l'abri des bazars infestés d'agents de criée et de miliciens zélés. Pourtant, il sait qu'il ne tirerait pas grand-chose de son ascèse. Il n'y a rien à voir, hormis la déréliction, et rien à espérer. Tout autour, l'aridité se surpasse. On dirait qu'elle ne se dénude que pour accentuer le désarroi des hommes coincés entre la rocaille et les canicules. Les rares lisérés de verdure qui daignent se manifester par endroits ne promettent aucune éclosion ; leurs herbes brûlées s'effritent au moindre frémissement. Gigantesques hydres déshydratées, les rivières languissent dans leurs lits défaits, n'ayant à proposer aux dieux de l'insolation que l'offrande de leurs tripes pétrifiées. Que vient-il chercher au milieu de ces tombes grotesques, au pied de ces montagnes taciturnes ?...

Le gros 4 × 4 débouche sur le cimetière, un impressionnant nuage de poussière à ses trousses. Qassim jette un coup d'œil sur le jeune homme prostré errant parmi les morts. C'est le même bonhomme qu'il avait entrevu, le matin, tandis qu'il rejoignait son village natal. Il le toise un instant en se demandant ce qui pouvait bien le retenir, la journée entière, dans un cimetière désert et sous un soleil de plomb.

Le conducteur se détend et lève le pied de l'accélérateur en empruntant les premières ruelles de la ville. La vue des grappes de vieillards amoncelés à l'ombre des palissades et des ribambelles de mioches le ragaillardit. Il est content de rentrer à la maison.

— Pour une randonnée, ça a été une sacrée randonnée, avoue-t-il en saluant de la main une connaissance dans la cohue. Des heures à s'abîmer les vertèbres sur les bosses et à avaler toutes sortes de saloperies.

— Arrête de geindre, maugrée Qassim.

— Quand j'aurai arrêté le moteur, et pas avant, s'obstine le chauffeur en grimaçant comiquement. Qu'est-ce qu'on fait ? Je te dépose chez toi ?

— Pas dans l'immédiat. J'ai besoin de me changer les idées. Puisque tu n'arrêtes pas de me casser les oreilles avec ton carême forcé, qu'est-ce que tu dirais si on allait chez Khorsan grignoter des brochettes ? C'est moi qui invite.

— Je te préviens, je mange comme quatre.

— Ça ne m'intimide pas.

— Tu es un bon prince, patron. Grâce à toi, je vais bouffer à dégueuler.

La gargote de Khorsan se dresse au coin d'un square ravagé, en face d'un arrêt d'autocars. Les enfumades du barbecue disputent les rares bouffées d'air de la placette aux tornades que les voitures soulèvent sur leur passage. Quelques clients, dont Atiq le geôlier, occupent les tables rudimentaires qui se coudoient sous une voûte en osier, indifférents au soleil et aux escadrilles de mouches, ne réagissant que pour repousser les galopins affamés que l'odeur des grillades surexcite. Le ventre sur les genoux et la barbe au nombril, Khorsan ravive ses braises à l'aide d'un éventail. De l'autre main, il retourne les quartiers de viande sur le feu et se pourlèche les babines lorsqu'il constate que la chair est cuite à point. Le 4×4 s'arrêtant devant lui ne le déconcentre pas. Il a juste détourné son éventail sur la poussière qui vient de se répandre autour de sa personne, sans quitter des yeux ses côtelettes chuintantes. Qassim lui montre quatre doigts en prenant place sur un banc vermoulu ; Khorsan enregistre la commande d'un hochement de la tête et poursuit son rituel avec application.

Atiq consulte sa montre. Son impatience est flagrante, mais c'est surtout l'arrivée de Qassim Abdul Jabbar qui accentue sa nervosité. Que va-t-il penser en le surprenant là, dans une gargote, alors que sa maison est à deux pas ? Il rentre le cou dans les épaules et s'embusque derrière sa main jusqu'à ce qu'un garçon lui apporte un énorme sandwich enveloppé dans du papier d'emballage. Atiq le glisse dans un sac en plastique, dépose des billets de banque sur la table et bat en retraite sans attendre la monnaie. Au moment où il se croit tiré d'affaire, la main de Qassim le rattrape :

— C'est moi que tu fuis, Atiq ?

Le geôlier feint celui qui n'en revient pas.

— Déjà de retour ?

— Pourquoi files-tu à l'anglaise comme ça ? Est-ce que tu as des choses à me reprocher ?

— Je ne te suis pas.

Qassim dodeline de la tête, désappointé :

— Tu veux que je te dise, Atiq ? C'est pas bien ce que tu fais. Non, s'il te plaît, ce n'est pas la peine de la ramener. Ce n'est pas nécessaire, je t'assure. Je ne suis pas en train de te sermonner. Seulement voilà, je te trouve bien changé, ces derniers temps, et ça me déplaît. Normalement, je n'en ai rien à cirer, pourtant, je n'arrive pas à m'en fiche. C'est peut-être à cause des longues années que nous avons passées ensemble, dans la bonne humeur quelquefois, dans l'infortune le plus souvent. Je ne tiens pas à me mêler de ce qui ne me regarde pas, cependant rien ne m'interdit de te signaler qu'à force de t'enfermer à double tour dans tes préoccupations, tu vas finir par ne plus t'en sortir.

— Il n'y a pas le feu. Le cafard me fausse la donne par moments, c'est tout.

Qassim ne le croit pas et ne le cache pas, non plus. Il se penche sur lui :

— Tu as besoin d'argent ?

— Je ne sais pas m'en servir.

Le milicien se gratte le front pour réfléchir. Il propose :

— Pourquoi ne viens-tu pas nous retrouver, le soir, chez Haji Palwan ? Il y aura que des amis. On boit du thé, on bavarde, on parle des troupes et des échauffourées et on rit des malheurs d'autrefois. Ça te conviendra, je te le promets. On sera entre copains, très détendus. Si tu as des projets, on les discutera ensemble pour trouver des partenaires et mettre la main à la pâte dans la minute qui suit. Monter une affaire n'est pas sorcier. Un peu d'imagination, un semblant de motivation, et la locomotive est vite sur les rails. Si tu n'as pas le sou, on t'avancera et tu rembourseras après.

— Il ne s'agit pas d'argent, déclare Atiq avec lassitude. C'est un rayon qui ne m'éblouit pas.

— Il ne t'éclaire pas non plus, à ce que je vois.

— Le noir ne me dérange pas.

— Ça, il faut le prouver. Pour ma part, je tiens seulement à te dire qu'il n'y a pas de honte à aller trouver, de temps à autre, un ami lorsqu'on se sent un peu à l'étroit dans sa peau.

— C'est Mirza Shah qui t'envoie ?

— Tu vois ? Tu te trompes sur toute la ligne. Je n'ai pas besoin de Mirza Shah pour tendre la main à un collègue que j'apprécie.

Atiq considère son sac, les os de la nuque saillants. De la pointe du pied, il déterre un caillou et entreprend de creuser un trou dans la poussière.

— Est-ce que je peux disposer ? demande-t-il d'une voix contractée.

— Bien sûr, quelle idée !

Atiq le remercie de la tête et se retire.

— Il y avait un érudit à Jalalabad, lui raconte tout de go Qassim en lui emboîtant le pas. Un savant phénoménal. Il avait réponse à tout. Aucune référence livresque ne lui échappait. Il connaissait par cœur les hadiths certifiés, les grands événements qui ont marqué l'histoire de l'Islam de l'Orient au fin fond de l'Occident. Cet homme était hallucinant. S'il avait survécu jusqu'à notre époque, je crois qu'il aurait fini au bout d'une corde ou bien décapité tant son savoir dépassait l'entendement. Et un jour, alors qu'il dispensait un cours, quelqu'un est venu lui chuchoter dans l'oreille. L'illustre érudit est devenu gris d'un coup. Le chapelet lui a glissé des doigts. Sans un mot, il s'est levé et a quitté la salle. On ne l'a plus revu.

Atiq soulève un sourcil :

— Qu'est-ce qu'on a bien pu lui glisser dans l'oreille ? fait-il, sur ses gardes.

— L'histoire n'en souffle mot.

— Et la morale de l'histoire ?

— On peut tout savoir sur la vie et sur les hommes, mais que sait-on vraiment sur soi ? Atiq, mon brave, ne cherche pas trop à te compliquer l'existence. Tu ne devineras jamais ce qu'elle te réserve. Arrête de te remplir la tête de fausses idées, de questionnements inextricables et de raisonnements inutiles. Que tu aies réponse à tout ne te met pas à l'abri de ce que tait le lendemain. L'érudit savait beaucoup de choses, mais ignorait l'essentiel. Vivre, c'est d'abord se tenir prêt à recevoir le ciel sur la tête. Si tu pars du principe que l'existence n'est qu'une épreuve, tu es équipé pour gérer ses peines et ses surprises. Si tu persistes à attendre d'elle ce qu'elle ne peut te donner, c'est la preuve que tu n'as rien compris. Prends les choses comme elles viennent, n'en fais pas un drame ni un plat ; ce n'est pas toi qui mènes ta barque, mais le cours de ton destin. J'ai perdu ma mère hier. Je suis allé me recueillir sur sa tombe aujourd'hui. Maintenant, je suis chez Khorsan pour casser la croûte. Ce soir, j'envisage d'aller chez Haji Palwan tâter le pouls aux copains. Si entre-temps un malheur est arrivé, ce n'est pas la fin du monde. Il n'est pire amour que le regard que l'on échange dans une gare lorsque les deux trains vont chacun de son côté.

Atiq s'arrête, la nuque toujours ployée. Il médite un instant puis, relevant le menton, il s'enquiert :

— Ça se voit tant que ça que je vais mal ?

— Si tu veux mon avis, ça crève les yeux.

Atiq dodeline de la tête avant de s'éloigner.

Qassim le regarde partir avec chagrin, ensuite il se gratte sous le turban et retourne rejoindre son conducteur dans la gargote.

La vie n'est qu'une inexorable usure, pense Mussarat. Que l'on se préserve ou que l'on se néglige n'y change rien. Le propre d'une naissance est d'être vouée à une fin ; c'est la règle. Si le corps pouvait n'en faire qu'à sa tête, les hommes vivraient mille ans. Mais la volonté n'a pas toujours les moyens de sa détermination, et la lucidité du vieillard ne saurait inciter ses genoux à plus de retenue. La tragédie fondamentale des hommes vient du fait que nul ne peut survivre à ses vœux les plus pieux, qui sont de surcroît la raison essentielle de son infortune. Le monde n'est-il pas la faillite des mortels, la preuve monstrueuse de leur inconsistance ? Mussarat a décidé de ne pas se soustraire à l'évidence. Cela ne sert à rien de se voiler la face. Elle a lutté contre le mal qui la ronge, refusé de baisser les bras. Maintenant, il est temps de se ménager, de s'en remettre à la fatalité puisqu'elle est ce qui reste lorsque tout a été tenté. Elle regrette seulement de devoir fléchir à un âge où les chimères sont apprivoisables. À quarante-cinq ans, la vie est encore devant soi, plus nuancée, mieux mesurée ; les rêves sont moins mythomanes, les élans sereins, et le corps, quand les serres du désir l'extirpent de son indolence, frémit avec un discernement tel que ce que les ébats perdent en fraîcheur ils le récupèrent en intensité. La quarantaine est un âge de raison, un atout majeur pour composer avec les défis. La conviction y est trop forte pour douter une seconde de son aboutissement. Mussarat ne doute pas. Sauf que sa conviction à elle n'aboutira pas. Il n'y aura pas de miracle. Cela la chagrine. Sans excès, cependant ; c'est inutile, presque grotesque, dans tous les cas de figure, blasphématoire. Bien sûr, elle aurait aimé se faire belle, souligner ses cils au Rimmel et écarquiller les yeux pour ne rien rater de ceux d'Atiq. Ce n'est plus possible pour elle, désormais. À quarante-cinq ans, on a du mal à l'admettre. Hélas ! avoir du mal ne dispense pas de grand-chose. Le reflet que lui renvoie le petit miroir ébréché est sans appel ; elle est en train de se décomposer plus vite que ses prières. Son visage n'est plus qu'un crâne décharné, aux joues ravinées et aux lèvres rentrantes. Son regard a déjà une lueur d'outre-tombe, vitreuse, glaciale ; un éclat de verre qui aurait échoué au fond de ses prunelles. Et ses mains, mon Dieu ! osseuses, recouvertes d'une fine peau terne, froissées comme du papier, rencontrent des difficultés à reconnaître les choses au toucher. Ce matin, lorsqu'elle a fini de se peigner, elle a ramené une poignée de cheveux dans ses doigts. Comment pouvait-on perdre autant de cheveux en si peu de temps ? Elle les a enroulés autour d'un bout de bois et les a enfouis dans la fêlure d'un mur, puis elle s'est laissée glisser par terre, la tête entre les mains, et a attendu qu'une larme vienne l'éveiller à elle-même. Ne voyant rien venir, elle s'est traînée vers sa paillasse, à quatre pattes. Là, assise en fakir sur une couverture, elle a fait face au mur une heure durant. Elle aurait continué de tourner le dos au patio la journée entière si ses forces ne l'avaient pas lâchée. Terrassée par son entêtement, elle s'est allongée sur le sol et s'est aussitôt assoupie, la bouche ouverte sur un long gémissement.

En la trouvant affalée à ras du sol, Atiq a tout de suite pensé au pire. Curieusement, son sachet ne lui a pas échappé des mains et son souffle n'a pas été troublé. Il est resté debout dans l'embrasure, un sourcil plus haut que l'autre, et s'est interdit de faire du bruit. Pendant de longues minutes, il a surveillé le corps, la main retournée vers le plafond, les doigts repliés, la bouche ouverte et la poitrine raide, à l'affût d'un signe de vie. Mussarat n'a pas frémi d'un cheveu. Elle paraît bel et bien morte. Atiq a reposé son sac sur une table basse puis, en déglutissant, il s'est approché du corps inerte de sa femme. Avec précaution, il s'est agenouillé ; au moment où il s'est penché sur le poignet blafard pour lui tâter le pouls, un soupir l'a rejeté en arrière. Sa pomme d'Adam a remué avec fureur. Il a tendu l'oreille, soupçonnant un vulgaire friselis, approché son oreille du visage clos. De nouveau, un léger souffle lui a effleuré la joue. Il a serré les lèvres pour réprimer sa colère, redressé le buste et, yeux et poings fermés, il a reculé jusqu'au mur pour se mettre sur son séant. Les mâchoires contractées et les bras sévèrement croisés sur le ventre, il a fixé le corps étendu à ses pieds comme s'il cherchait à le traverser de part et d'autre du regard.

10

Mohsen Ramat n'en peut plus. Les interminables journées qu'il passe régulièrement au cimetière ne font qu'accentuer son désarroi. Il a beau errer parmi les tombes, il n'arrive pas à se remettre les idées en place. Les choses lui échappent à une vitesse vertigineuse ; il ne retrouve plus ses marques. Loin de l'aider à se concentrer, son isolement le fragilise, ravive son malaise. Par moments, une folle envie de s'emparer d'une barre de fer et de dévaster tout autour de lui déferle à travers son être ; curieusement, dès qu'il se prend la tête à deux mains, sa fureur se mue en un irrésistible besoin d'éclater en sanglots et il s'abandonne ainsi à sa prostration, les dents serrées, les paupières scellées.

Il se sent devenir fou.

Depuis cette altercation dans la rue de Kaboul, il ne distingue plus le jour de la nuit. Quelque chose d'irréversible a sanctionné cette maudite sortie. Si seulement il avait écouté sa femme ! Comment a-t-il pu croire que les promenades d'amoureux étaient encore possibles dans une ville aux allures de mouroir, infestée d'énergumènes rébarbatifs portant dans le regard la noirceur de la nuit des temps ? Comment a-t-il pu perdre de vue les horreurs qui jalonnent le quotidien d'une nation bafouée au point que la cravache est devenue une langue officielle ? Il n'aurait pas dû se bercer d'illusions. Cette fois-ci, Zunaira refuse de passer l'éponge. Elle lui en veut, ne supporte pas de le voir, encore moins de l'entendre. « Pour l'amour du ciel, l'a-t-il implorée, ne complique pas les choses entre nous. » Zunaira l'a toisé, l'œil torve derrière le masque grillagé. Sa poitrine s'est soulevée dans un ressac d'indignation. Elle a cherché ses mots, les plus durs, les plus méchants, pour lui dire combien elle souffre à cause de ce qu'il représente désormais pour elle, combien elle n'arrive pas à le dissocier des sbires enturbannés qui ont transformé les rues en arènes et les jours en agonie, combien la proximité d'un homme la répugne et l'accable en même temps. Ne trouvant pas de mots assez virulents pour traduire son fiel et son affliction, elle s'est enfermée dans une pièce et s'est mise à hurler à la manière des forcenées. Terrifié par les ululements assourdissants de son épouse, Mohsen s'est dépêché de quitter la maison. En courant. Si la terre s'était dérobée sous ses pieds, il n'aurait pas hésité à la laisser se refermer sur lui. C'était horrible. Les cris de Zunaira se propageaient à travers le quartier, ameutaient les voisins, le traquaient comme une nuée de rapaces déchaînés. Il en avait la tête qui tournait. On aurait dit la fin du monde.

Zunaira n'est plus la femme d'autrefois ; celle qui, vaillante et alerte, l'aidait à tenir le coup et à se relever chaque fois qu'il flanchait. La créature qui a décidé de ne plus se dépêtrer de son tchadri a sombré délibérément dans un monde abominable d'où elle ne semble pas près d'émerger. Du matin à la nuit tombée, elle hante la maison, opiniâtrement emmitouflée dans son voile de malheur qu'elle ne quitte même pas pour dormir. « Ton visage est l'ultime soleil qui me reste, lui a-t-il avoué. Ne me le confisque pas... – Aucun soleil ne résiste à la nuit », lui a-t-elle rétorqué en rajustant significativement sa cagoule. Depuis la brimade de l'autre jour, elle ne l'ôte plus. C'est devenu sa forteresse et sa défection, sa bannière et son abjuration. Pour Mohsen, c'est une véritable barrière qui se dresse entre lui et elle, le symbole de la douloureuse rupture qui menace de les écarteler. En s'interdisant à son regard, elle se soustrait à son monde, le renie de fond en comble. Cette attitude extrême le déstabilise. Il a essayé de comprendre ; il n'y avait rien à comprendre. Zunaira se rend-elle compte de ses exagérations ? De toutes les façons, elle paraît les assumer avec un zèle grotesque. Lorsqu'il essaye de s'approcher d'elle, elle recule, les bras en avant pour le tenir à distance. Mohsen n'insiste pas. À son tour, il lève les mains en signe de renoncement et sort dans la rue, l'échine ployée sous un poids mortel.

Dix jours !

Cela fait dix jours que le malentendu consolide ses remparts.

Dix jours à vivre dans un délire ubuesque, une totale infirmité.

« Ça ne peut plus durer », se dit Mohsen à chaque fois qu'il rentre chez lui. À qui le dit-il ? Zunaira ne cède pas un pouce de son terrain, ne retrousse pas d'un cran sa chape. Le chagrin de son époux ne l'émeut pas ; pire, il l'exacerbe. Elle ne supporte plus son regard de chien battu, ni sa voix psalmodiante. Dès qu'elle reconnaît son pas dans la cour, elle suspend ce qu'elle est en train d'entreprendre et se rue dans la pièce voisine. Mohsen crispe les mâchoires pour contenir les assauts de sa furie puis, se frappant les mains, il rebrousse chemin.

Ce soir, il a droit au même accueil. À peine a-t-il poussé la porte du patio qu'il la voit traverser la salle et s'éclipser derrière le rideau de la chambre, aussi furtive qu'une hallucination. Tout son être vibre pendant quelques instants ; plus question de s'en aller en claquant la porte derrière lui. Ses départs intempestifs ne l'ont pas avancé à grand-chose. Bien au contraire, ils ont élargi davantage le fossé qui le sépare de son épouse. Il est temps d'aller au fond du problème, songe-t-il. C'est un moment qu'il redoute, à cause de l'entêtement d'une Zunaira expéditive et imprévisible, mais il ne peut plus prolonger une situation qui ne cesse de se détériorer.

Il respire profondément et rejoint son épouse dans la chambre.

Zunaira est assise sur une paillasse, le dos droit. On la devine comprimée tel un ressort, prête à rebondir sur ses jambes. Mohsen ne l'a jamais vue dans un état pareil. Son mutisme est chargé d'orages. Lorsqu'elle se tait de cette façon, Zunaira devient impossible à cerner, ce qui rend toute approche aléatoire, voire périlleuse. Mohsen a peur. Terriblement peur. On dirait un artificier désamorçant une bombe, certain que son devenir ne tient qu'à un fil. Zunaira a toujours été difficile. C'est une personne écorchée, qui déteste subir et qui pardonne rarement. C'est peut-être pour cette raison qu'il la redoute, perdant son sang-froid dès qu'elle fronce les sourcils. L'heure est capitale. Mohsen en tremble, cependant il n'a pas le choix. Il guette un signe, un tout petit signe susceptible de lui insuffler un soupçon de confiance. Rien. Zunaira ne bronche pas. Derrière son attitude de sphinx, il la sent sourdre, comme si une lave fermentait au tréfonds d'elle en attendant de jaillir sans crier gare, aussi violente qu'un geyser. Bien que son expression soit cachée par le voile, Mohsen est convaincu qu'elle le dévisage avec haine.

— Que me reproches-tu au juste ? s'exclame-t-il vanné. De n'avoir pas remis cet abruti de taliban à sa place ? Que pouvais-je contre lui ? Ce sont eux qui font la loi. Ils ont droit de vie et de mort sur tout ce qui bouge. Crois-tu que leurs agissements m'indiffèrent ? Ils révolteraient une bête de somme. Quand je pense que ce chien de milicien ne mériterait même pas de baiser les traces de tes pas dans la poussière. Je suis parfaitement conscient de l'abjection qui émiette les quelques sursauts d'orgueil que je n'arrive pas à extérioriser, mais, pour le repos de nos absents, dis-moi ce que je pouvais faire, Zunaira ?

Il s'agenouille en face d'elle, fébrile, désemparé, tente de lui prendre la main. Elle se jette en arrière et se ramasse dans son suaire.

— C'est ridicule, grommelle Mohsen. Complètement ridicule. Tu me traites comme si j'étais un pestiféré... Ne me tourne pas le dos, Zunaira. J'ai le sentiment que l'univers entier me boude. Je n'ai que toi. Regarde comme mes mains t'implorent, comme je suis totalement perdu sans toi. Tu es l'unique amarre qui m'attache à quelque chose en ce monde.

Les larmes gonflent ses paupières. Il ne comprend pas comment elles ont réussi à tromper sa vigilance et à rouler sur ses joues, devant Zunaira... Zunaira qui déteste voir pleurer les hommes.

— Je vais très mal, s'excuse-t-il. J'ai soudain peur de mes pensées. Il faut que je me ressaisisse, Zunaira. Ton attitude est un cauchemar. Je ne sais quoi faire de mes jours, ni quoi faire de mes nuits. Tu es ma seule raison de vivre si, toutefois, vivre a encore un sens dans ce pays.

De nouveau, il essaye de lui prendre le poignet.

Zunaira pousse un cri et se relève, pantelante.

— Je t'ai dit cent fois de ne pas me toucher.

— Qu'est-ce que c'est que cette histoire ? Je suis ton mari...

— Prouve-le.

— C'est insensé. Où veux-tu en venir, à la fin ?

Zunaira s'arrache au mur pour se dresser contre lui, l'effleure presque du bout du nez. Sa colère est telle que le voile tressaute sous sa respiration débridée.

— Je ne veux plus te voir, Mohsen Ramat !

Une déflagration ne l'aurait pas ébranlé à ce point. Mohsen est abasourdi par les propos de sa femme. D'abord incrédule, il met quelques instants à comprendre ce qu'il vient d'entendre. Sa pomme d'Adam s'affole dans sa gorge. Il se frappe dans les mains, pivote sur ses talons. Dans la chambre, les deux souffles s'empoignent dans un bourdonnement surnaturel. Brusquement, Mohsen pousse un râle incongru et assène un coup de poing sur le volet de la fenêtre, si fort que son poignet en craque.

Défiguré par la douleur, il refait face à sa femme et la menace :

— Je t'interdis de me parler sur ce ton, Zunaira. Tu n'en as pas le droit. Est-ce que tu m'écoutes ? hurle-t-il en la saisissant par la gorge et en la secouant. Je te l'interdis, catégoriquement.

Imperturbable, Zunaira défait les doigts qui lui broient le cou.

— *Je ne veux plus te voir*, Mohsen Ramat, lui martèle-t-elle d'une voix saccadée.

Pris de panique, Mohsen s'essuie les mains moites sur ses flancs, comme pour effacer les traces de sa brutalité, cherche autour de lui puis, constatant que la situation dégénère, il se prend les tempes dans les paumes et essaye de se calmer.

— D'accord, concède-t-il. Je crois que je suis rentré trop tôt, ce soir. Je vais retourner d'où je viens. Si tu veux, je peux passer la nuit dehors. Il faut absolument donner une chance à la réconciliation... Zunaira, je t'aime. Voilà, je n'ai pas d'autres mots plus raisonnables. Ce que tu viens de dire est certainement la plus atroce déclaration qu'il m'ait été donné d'entendre. De ta bouche, elle a l'impact d'un gigantesque blasphème. Maintenant je mesure combien il est impératif que je te laisse tranquille. Je reviendrai demain, ou bien dans deux jours. Je ne sais pas comment je vais me débrouiller pour tenir le coup jusque-là, mais j'y arriverai. Pour sauver notre couple, je suis prêt à tout. Tâche d'en faire autant de ton côté. Je t'aime. Quoi qu'il advienne, je tiens à ce que tu le saches. C'est très important. Il n'y a rien de plus important.

Zunaira ne fléchit pas. Ses lèvres remuent dangereusement sous le voile. Mohsen lui pose la main sur la bouche :

— Plus un mot. Tu en as assez dit pour aujourd'hui. Laisse-moi espérer qu'il s'agit juste d'une mauvaise passe, que demain tout redeviendra comme avant.

Zunaira recule afin de se défaire de la main de son mari.

— Je crois que tu n'as pas bien compris, dit-elle. *Je ne veux plus te voir*, Mohsen. Ce ne sont pas des mots en l'air, et les jours à venir ne les assagiront pas. Tu vas sortir de ma vie et ne plus revenir dans cette maison. Sinon, c'est moi qui m'en irai.

— Mais pourquoi ? s'insurge Mohsen en déchirant d'un geste hargneux sa chemise, dévoilant une poitrine famélique d'une blancheur maladive. Dis-moi où j'ai si gravement fauté pour mériter le sort qui s'acharne sur moi !

— C'est fini, Mohsen... C'est pourtant si simple : entre nous, rien ne va plus. Tout ce que je veux désormais est que tu t'en ailles pour toujours.

Mohsen fait non de la tête.

— Ce n'est pas vrai. Je refuse de l'admettre.

— Je suis désolée.

Elle s'apprête à se retirer. Il la retient par le bras et l'attire violemment vers lui.

— Je suis encore ton mari, Zunaira Ramat ! Je n'ai

pas jugé nécessaire de te le rappeler, mais, puisque tu insistes, je vais me gêner. Ici, c'est moi qui commande. Il n'est pas dans nos traditions qu'une femme répudie son époux. Ça ne s'est jamais vu. Et je ne le permettrai pas. Depuis dix jours, j'essaye de prendre sur moi, espérant que tu t'éveilles à toi-même. Apparemment, tu ne tiens pas à t'éveiller, et moi, j'en ai jusque-là.

D'une secousse, elle s'arrache à son étreinte.

Il la rattrape, lui tord le poignet et l'oblige à le regarder de face.

— D'abord, tu vas commencer par retirer ce foutu tchadri.

— Il n'en est pas question. Puisque la charia de ce pays l'exige.

— Tu vas l'enlever, et tout de suite.

— Demande d'abord l'autorisation aux taliban. Vas-y, montre voir ce que tu as dans le ventre. Va les trouver, et somme-les de retirer leur loi, et moi, je te promets de retirer mon voile dans la minute qui suit. Pourquoi restes-tu là à me houspiller, gros bras, au lieu d'aller leur tirer les oreilles jusqu'à ce qu'ils perçoivent nettement la voix du Seigneur ? Puisque tu es mon époux à moi, va trouver le misérable bâtard qui a osé porter la main sur ta femme et tranche-lui le poignet. Tu veux voir mon visage, l'ultime soleil qui te reste ? Prouve-moi d'abord que le jour s'est levé, que la nuit infamante n'est qu'un mauvais rêve qui relève d'un lointain souvenir.

Mohsen lui froisse le voile, s'efforce de le retrousser. Zunaira se contorsionne dans tous les sens pour l'en empêcher. Une lutte acharnée les oppose. Aux halètements succèdent les gémissements et les imprécations. Zunaira s'accroche à son tchadri, malgré le mal que lui inflige la multitude de serres frénétiques en train de la tenailler. Son mari ne lâchant pas prise, elle lui mord l'épaule, le bras, le sein sans parvenir à le décourager. Au paroxysme du désespoir, elle le griffe sauvagement au visage. Surpris, Mohsen recule sous la morsure qui vient de lui taillader la pommette. Un flot de douleur afflue dans ses prunelles, l'aveugle ; ses narines palpitent de rage. Sa main déchaînée décrit une courbe fulgurante et s'abat sur la joue de l'épouse qui, assommée, s'écroule.

Horrifié par son geste, Mohsen considère sa main. Comment a-t-il osé ? Il ne se souvient pas d'avoir levé le petit doigt sur elle une seule fois. À aucun moment il ne s'est imaginé capable de l'apostropher ou de lui reprocher quoi que ce soit. Il regarde sa main, l'air de ne pas la reconnaître. « Qu'est-ce qu'il nous arrive ? » bredouille-t-il. Littéralement bouleversé, il s'accroupit en tremblant comme une feuille devant sa femme.

— Pardonne-moi. Je ne voulais pas...

Zunaira le repousse, parvient à se relever et titube vers la salle.

Il la poursuit, suppliant.

— Tu n'es qu'un vulgaire mufle et tu ne vaux guère mieux que ces fous furieux qui se pavanent dehors.

— Pardonne-moi.

— Je le voudrais que je ne le pourrais pas.

Il lui saisit le bras. Elle se retourne d'un bloc, ramasse ses dernières forces et le catapulte contre le mur. Mohsen trébuche sur un carafon et tombe à la renverse. Sa tête heurte une saillie dans la paroi avant de se cogner violemment sur le sol.

En recouvrant ses esprits, Zunaira s'aperçoit que son mari ne bouge pas. La nuque bizarrement tordue, il gît par terre, les yeux grands ouverts et la bouche béante. Sur son visage blême, une étrange sérénité s'est installée, à peine faussée par le filament de sang qui s'est échappé d'une narine.

— Oh ! mon Dieu ! s'écrie-t-elle.

11

— Qassim Abdul Jabbar te demande de ne pas quitter ton poste aujourd'hui, dit le milicien. Il a un nouvel arrivage pour toi.

Atiq, qui est assis sur un tabouret à l'entrée de la maison d'arrêt, hausse les épaules sans quitter des yeux les camions chargés de guerriers en train de quitter la ville dans une indescriptible frénésie. Les braillements des conducteurs et leurs coups de klaxon fendent la foule comme un brise-glace tandis que, amusés par le remue-ménage qu'occasionne le convoi, des galopins courent dans tous les sens en vociférant. La nouvelle est arrivée ce matin : les troupes du commandant Massoud sont tombées dans un traquenard et Kaboul envoie du renfort pour les anéantir.

Le milicien regarde, lui aussi, les véhicules militaires traverser le quartier en coup de vent, une tempête de poussière à leurs trousses. Sa main noirâtre de cicatrices triture instinctivement la culasse de son fusil. Il crache sur le côté et maugrée :

— Ça va barder ferme, cette fois-ci. Il paraît qu'on a perdu beaucoup d'hommes, mais ce renégat de Massoud est fait comme un rat. Il ne reverra plus son Panjshir de malheur.

Atiq ramasse un verre de thé qui traînait à ses pieds et le porte à sa bouche. Il ferme un œil à cause du soleil, dévisage le milicien avant de grogner :

— J'espère qu'il ne va pas me faire poireauter toute la journée, ton Qassim. J'ai un tas de trucs à régler, moi.

— Il ne m'a pas fixé l'heure. À ta place, je ne bougerais pas d'ici. Tu sais comment il est.

— Je ne sais pas comment il est, et je ne tiens pas à le savoir.

Le milicien plisse le front, qu'il a large et proéminent. Il considère le geôlier d'un air ennuyé :

— Tu n'es pas bien, ce matin, toi.

Atiq Shaukat repose son verre, les lèvres affaissées. La présence du milicien l'exaspère. Il ne comprend pas pourquoi il ne s'en va pas maintenant qu'il a fait part de son message. Il le fixe un instant, lui trouve un profil rebutant avec sa barbe ébouriffée, son nez aplati et ses yeux chassieux au regard inexpressif.

— Si tu veux, je peux m'en aller, dit le milicien comme s'il lisait dans les pensées du garde-chiourme. Je n'aime pas déranger les gens.

Atiq comprime un soupir et se détourne. Les derniers véhicules militaires sont passés. On les entend vrombir derrière les ruines pendant quelques minutes, puis le silence s'épaissit, atténuant le chahut des marmailles. La poussière continue de flotter dans l'air, voilant un pan du ciel où un troupeau de nuages d'un blanc affligeant s'est immobilisé. Loin, derrière les montagnes, on croit percevoir des déflagrations que l'écho falsifie à sa guise. Depuis deux jours, des tirs sporadiques éructent dans l'indifférence générale. À Kaboul, notamment au marché et dans les bazars, le brouhaha des spéculations dominerait la chorale des pires batailles. Les liasses de billets de banque se vendent à la criée, les fortunes se font et se défont au gré des sautes d'humeur, les gens n'ont d'yeux que pour le gain et l'investissement ; quant aux nouvelles du front, elles s'observent en sourdine comme pour donner de l'entrain au négoce. Atiq en est malade. À son tour, il commence à se demander sérieusement s'il n'allait pas emboîter le pas à Zanish. Ce pauvre bougre a fini par se décider ; un matin, il *a pris ses cliques et ses claques* et s'est volatilisé, sans un mot pour ses enfants qui l'ont cherché une semaine durant. Des bergers ont affirmé avoir vu le vieillard dans les montagnes, mais personne ne les a pris au sérieux. À son âge, Zanish serait incapable d'affronter la moins élevée des collines alentour, surtout par une chaleur pareille. Pourtant, Atiq est persuadé que l'ancien mollah s'est bel et bien aventuré dans les montagnes, juste pour lui prouver, à lui, geôlier cruel et sardonique, qu'il avait tort de l'enterrer trop vite.

Le milicien s'accroupit brusquement pour s'emparer du verre du gardien.

— Tu es quelqu'un de sympathique, dit-il. J'ignore ce que tu as, ces derniers temps, mais ça ne fait rien, je ne t'en voudrai pas si tu me chasses.

— Je ne te chasse pas, soupire Atiq en le regardant boire dans son verre avec dégoût. C'est toi qui parles de t'en aller.

Le milicien acquiesce. À croupetons, il s'adosse contre le mur et se remet à tripoter sa kalachnikov.

— Qu'est devenu Qaab ? lui demande Atiq après un long silence. Il y a des lustres que je ne l'ai pas vu.

— Quel Qaab ? Celui des blindés ?

— Il n'y en a qu'un seul.

Le milicien se retourne vers le gardien, les sourcils hauts.

— Tu ne vas pas me faire croire que tu n'es pas au courant ?

— Au courant de quoi ?

— Qaab est mort, il y a plus de deux ans, voyons.

— Il est mort ?

— Ça suffit, Atiq. Nous avons tous été à son enterrement.

Le gardien esquisse une moue, se gratte une tempe puis, nullement avancé, secoue sa barbe en signe d'embarras.

— Comment se fait-il que j'aie oublié ?

Le milicien le surveille du coin de l'œil, de plus en plus intrigué.

— Tu ne t'en souviens pas ?

— Non.

— C'est curieux.

Atiq récupère son verre, s'aperçoit qu'il est vide. Il le contemple d'un air songeur et le range sous le tabouret.

— Il est mort comment ?

— Tu n'es pas en train de me faire tourner en bourrique des fois, Atiq Shaukat ?

— Je t'assure que je suis sérieux.

— Son tank a explosé au cours d'un exercice de tir. La charge de l'obus était défectueuse. Au lieu de se conformer aux mesures de sécurité et d'attendre la minute d'observation réglementaire, il a procédé immédiatement à l'éjection de l'obus qui a pété à l'intérieur de la tourelle. Le char s'est disloqué sur un rayon de cinquante mètres.

— A-t-on retrouvé le corps de Qaab ?

Le milicien donne un coup de crosse sur le sol et se redresse, certain que le gardien se gausse de lui.

— Tu n'es pas bien aujourd'hui, toi. Franchement, tu n'es pas bien du tout.

Sur ce, il crache par terre et s'éloigne en marmonnant des imprécations.

Tard dans l'après-midi, Qassim Abdul Jabbar arrive dans un fourgon délabré. Les deux miliciennes qui l'accompagnent se saisissent de la prisonnière et la bousculent à l'intérieur de la bâtisse. Atiq enferme à double tour sa nouvelle pensionnaire dans une petite cellule malodorante, au bout du corridor. La tête ailleurs et le geste machinal, il n'a pas l'air de se rendre compte de ce qui se passe autour de lui. Qassim l'observe en silence, les bras croisés, le regard intense par-dessus sa haute stature de lutteur. Lorsque les deux miliciennes retournent dans le fourgon, il lui lance :

— Tu auras au moins de la compagnie.

— Tu parles !

— Tu ne veux pas savoir ce qu'elle a fait ?

— Ça va m'avancer à quoi ?

— Elle a tué son mari.

— Ce sont des choses qui arrivent.

Qassim perçoit le dégoût grandissant du gardien. Cela l'exaspère au plus haut point, mais il se défend de céder à la tentation de le remettre à sa place. Il lisse sa barbe d'un air absorbé et, se retournant vers le fond du corridor, il ajoute :

— Elle va rester un peu plus longtemps que les autres.

— Pourquoi ? s'enquiert Atiq agacé.

— À cause du grand meeting qui se tiendra le vendredi au stade. Des convives de haut rang sont attendus. Les autorités ont décidé d'opérer une dizaine d'exécutions publiques pour mettre de l'ambiance. Ta pensionnaire fera partie du lot. Au début, les *qâzi* voulaient qu'on la passe par les armes sur-le-champ. Puis, comme aucune femme n'était programmée pour vendredi, ils ont prolongé son sursis de cinq jours.

Atiq hoche la tête, sans conviction.

Qassim lui pose une main sur l'épaule.

— Nous t'avons attendu l'autre soir, chez Haji Palwan.

— J'ai eu un empêchement.

— Les soirs d'après, aussi.

Atiq préfère battre en retraite. Il se retire dans le cagibi qui lui sert de bureau. Qassim hésite un instant avant de lui emboîter le pas.

— As-tu réfléchi à mes propositions ?

Atiq émet un petit rire, bref et nerveux.

— Il faudrait que j'aie une tête pour réfléchir à quelque chose.

— C'est toi qui refuses de la relever. Les choses sont claires. Il suffit juste de les regarder en face.

— Je t'en prie, Qassim, je n'ai pas envie de remettre ça sur le tapis.

— D'accord, s'excuse Abdul Jabbar en levant ses deux mains à hauteur de sa poitrine, je retire ce que je viens de dire. Mais, pour l'amour du ciel, dépêche-toi de nous débarrasser de cette mine de mauvais augure.

12

Atiq Shaukat n'a pas compris tout de suite. Une sorte de déclic a fusé en lui et un souffle tétanisant l'a traversé de la tête aux pieds, comme si une douche glacée s'était déversée sur son corps. La casserole qu'il tenait entre les mains lui échappe et s'écrase par terre, répandant des boulettes de riz dans la poussière. Pendant trois ou quatre secondes, il croit halluciner. Assommé par l'apparition qui vient de le frapper de plein fouet, il se replie sur son cagibi pour tenter de reprendre ses sens. La lumière de la fenêtre l'agresse, les vociférations des enfants guerroyant au-dehors le déboussolent ; il se laisse choir sur le lit de camp et, les doigts contre les tempes, maudit plusieurs fois le Malin pour éloigner les influences maléfiques.

— *La hawla !*

Après avoir recouvré une part de sa lucidité, il retourne dans le corridor chercher la casserole, récupérer le couvercle qui a roulé plus loin et ramasser les grappes de riz éparpillées sur le sol. Tout en continuant de nettoyer le parterre, il lève précautionneusement les yeux sur les barreaux cadenassés, sur la faîtière surplombant l'alvéole tel un oiseau de malheur, s'attarde sur la petite lumière anémique en train de s'étioler au plafond, ensuite, prenant son courage à bras-le-corps, il revient sur la cellule et là, au beau milieu de la cage, la vision féerique !... La prisonnière a retiré son tchadri. Assise en tailleur, les coudes sur les genoux et les mains jointes sous le menton, elle prie. Atiq est éberlué. Jamais il n'a vu splendeur pareille auparavant. La détenue est d'une beauté inouïe, avec son profil de déesse, ses longs cheveux déployés dans le dos, et ses yeux immenses, semblables à des horizons. On dirait une aurore en train d'éclore au cœur de ce cachot infect, sordide, funeste.

Hormis celui de son épouse, Atiq n'a pas vu un seul visage de femme depuis plusieurs années. Il a même appris à vivre sans. Pour lui, à part Mussarat, il n'y a que des fantômes, sans voix et sans attraits, qui traversent les rues sans effleurer les esprits ; des nuées d'hirondelles en décrépitude, bleues ou jaunâtres, souvent décolorées, en retard de plusieurs saisons, et qui rendent un son morne lorsqu'elles passent à proximité des hommes.

Et d'un coup, un voile tombe, et une merveille en jaillit. Atiq n'en revient pas. Une femme intégrale, compacte ; un visage de femme authentique, tangible, intégral lui aussi, là, devant lui ? Inimaginable. Il y a si longtemps qu'il a divorcé d'avec une telle réalité qu'il la croyait bannie des mentalités. Quand il était plus jeune, au sortir de l'adolescence, il lui arrivait de profaner le repaire de quelques cousines pour les observer de loin, en catimini, attentif à leurs éclats de rire, à leur vénusté et à la souplesse de leurs remuements. Il avait même été amoureux d'une institutrice ouzbèke, de dix ans son aînée, dont les tresses infinies rendaient la démarche aussi envoûtante qu'une danse mystique. Il était persuadé, à cet âge vacant où les légendes résistent pathétiquement aux sièges des préjugés et des traditions, qu'il lui suffisait de rêver d'une fille pour entrevoir une aile du paradis. Ce n'était pas, certes, le plus sûr chemin pour y accéder, mais il était le moins inhumain... Puis, plus rien. Le monde des audaces exquises se disloque et s'effrite. Les songes se voilent la face. Une cagoule grillagée se rabat et confisque tout, les rires, les sourires, les regards, la fossette dans les joues, le froufrou des cils...

Le lendemain, Atiq s'aperçoit qu'il a veillé la nuit entière assis dans le couloir face à la détenue, qu'il ne l'a pas quittée des yeux un seul instant. Il se sent tout drôle, avec la tête légère et la gorge meurtrie. Il a l'impression de s'éveiller dans la peau de quelqu'un d'autre. Telle une possession foudroyante, quelque chose l'a investi jusque dans ses intimes replis, habite ses pensées, martèle son pouls, cadence son souffle, anime le moindre de ses frémissements, tantôt roseau rigide et ferme, tantôt lierre reptilien s'enchevêtrant autour de son être. Atiq n'essaye même pas d'y voir clair. Il subit, sans en pâtir, une sensation vertigineuse et implacable, une ivresse extatique qui malmène ses retranchements au point de lui faire oublier ses ablutions. Cela ressemble à un sortilège, sauf que ce n'en est pas un. Atiq mesure la gravité de son inconvenance et n'en a cure. Il s'abandonne quelque part, très loin et si proche, à l'écoute de ses plus imperceptibles pulsations et sourd aux rappels à l'ordre les plus péremptoires.

— Qu'est-ce qui ne va pas ? lui demande Mussarat. Ça fait cinq fois que tu ajoutes du sel sur ton riz sans y goûter, que tu n'arrêtes pas de porter la tasse d'eau à tes lèvres sans en avaler une gorgée.

Atiq considère son épouse d'un air hébété. Il ne semble pas saisir le sens de ses propos. Ses mains tremblent, sa poitrine s'emballe et son souffle connaît, par moments, une sorte de suffocation. Il ne se rappelle pas comment il a traversé le quartier avec ses mollets ramollis et le vide dans sa tête, ne se souvient pas d'avoir rencontré quelqu'un dans les rues où, d'habitude, il ne peut se hasarder sans être interpellé ou salué par une connaissance. De toute sa vie, pas une fois il n'a connu l'état dans lequel il s'amenuise depuis la veille. Il n'a pas faim, il n'a pas soif, le monde ambiant ne l'effleure même pas ; il est en train de vivre quelque chose de prodigieux et de terrifiant à la fois, mais pour tout l'or de la terre il ne voudrait s'en défaire : il est *bien*.

— Qu'est-ce que tu as, Atiq ?

— Pardon ?

— Dieu soit loué, tu entends. J'ai cru que tu étais devenu sourd-muet.

— De quoi parles-tu, à la fin ?

— De rien, renonce Mussarat.

Atiq repose la tasse par terre, puise une pincée de sel dans une terrine naine et se remet à saupoudrer sa ration de riz, machinalement. Mussarat porte sa main à sa bouche pour cacher un sourire. La distraction de son mari l'amuse et l'inquiète mais, reconnaît-elle, l'éclat de son visage est reposant. Rarement elle l'a vu aussi attendrissant de maladresse. On dirait un enfant qui revient d'un spectacle de marionnettes. Ses yeux pétillent d'un éblouissement intérieur et sa fébrilité est à peine croyable chez lui qui ne vibrait que d'indignation lorsqu'il ne menaçait pas de dévaster ce qui se trouvait à portée de sa colère.

— Mange, l'invite-t-elle.

Atiq se raidit. Son front se ramasse autour de ses sourcils. Il se redresse d'un bond en claquant ses mains sur ses cuisses.

— Mon Dieu ! s'écrie-t-il en courant vers son trousseau de clefs accroché à un clou. Je suis impardonnable.

Mussarat tente de se relever. Ses bras décharnés fléchissent, et elle retombe sur le grabat. Terrassée par son effort, elle s'adosse contre la paroi et dévisage son mari.

— Qu'est-ce que tu as encore fait ?

Et Atiq, tarabusté :

— J'ai oublié de donner à manger à la détenue.

Il pivote sur ses talons et disparaît.

Mussarat reste songeuse. Son mari est sorti en oubliant son turban, son gilet et sa cravache. Cela ne lui arrive guère. Elle attend de le voir revenir les chercher. Atiq ne revient pas. Mussarat en déduit que son geôlier occasionnel de mari n'a plus toute sa raison.

Assoupie sur une couverture usée, Zunaira évoque une offrande. Autour d'elle, la cellule vacille sous les feux de la lampe tempête, les encoignures lardées d'éclaboussures acérées. On entend striduler la nuit, épaisse et poisseuse, sans réelle profondeur. Atiq repose par terre un plateau chargé de brochettes qu'il a payées de sa poche, d'une galette et de quelques baies. À croupetons, il tend la main sur la prisonnière pour la réveiller. Ses doigts se suspendent par-dessus l'épaule ronde. Il faut qu'elle reprenne des forces, se dit-il. Ses pensées ne parviennent pas à stimuler son geste ; sa main demeure interdite dans le vide. À reculons, il va s'adosser au mur, croise les bras autour de ses jambes, fiche le menton entre ses genoux et ne bouge plus, les yeux rivés sur le corps de la femme dont l'ombre, façonnée par la blancheur éclatante de la lampe, dessine un paysage de rêve sur la paroi qui lui sert de toile. Atiq est sidéré par la sérénité de la détenue, ne croit pas la quiétude capable de mieux se mettre en évidence ailleurs que sur ce visage limpide et beau comme une eau de source. Et ces cheveux noirs, lisses et souples, que le moins hardi des souffles soulèverait dans les airs aussi aisément qu'un cerf-volant. Et ces mains de houri, transparentes et fines, que l'on devine douces comme une caresse. Et cette bouche petite et ronde... *La hawla*, se ressaisit Atiq. Je n'ai pas le droit d'abuser de son sommeil. Il faut que je retourne chez moi, que je la laisse tranquille. Atiq pense, mais ne réagit pas. Il reste accroupi dans son coin, les jambes captives de ses bras, les yeux plus grands que la conscience.

— C'est très simple, avoue Atiq, il n'y a pas de mots pour la décrire.

— Elle est si belle que ça ? s'enquiert Mussarat dubitative.

— Belle ? Le mot me paraît ordinaire, à la limite de la banalité. La femme qui croupit dans ma basse-fosse est plus que ça. J'en tremble encore. J'ai passé la nuit à veiller sur son sommeil, si ébloui par sa splendeur que je n'ai pas vu arriver l'aube.

— J'espère qu'elle ne t'a pas distrait de ta prière.

Atiq baisse la tête :

— C'est la vérité.

— Tu as oublié de t'acquitter de la *salat* ?

— Oui.

Mussarat éclate d'un rire dont les grelots se prolongent aussitôt dans une kyrielle de toux. Atiq fronce les sourcils. Il ne saisit pas pourquoi son épouse se moque de lui, et ne lui en veut pas. Ce n'est pas souvent qu'il l'entend rire, et sa gaieté inhabituelle rend la pénombre du taudis presque habitable. Mussarat essuie ses yeux, pantelante, mais ravie, ajuste le coussin derrière elle et s'adosse dessus.

— Je t'amuse ?...

— Énormément.

— Tu trouves que je suis ridicule.

— Je te trouve fabuleux, Atiq. Comment as-tu pu me cacher des mots aussi généreux ? Plus de vingt ans de mariage, et ce n'est que maintenant que tu dévoiles le poète qui se terrait en toi. Tu ne peux pas mesurer combien je suis heureuse de te savoir capable de dire les choses avec ton cœur au lieu de te contenter de les conjurer comme s'il s'agissait de vomissures. Atiq, l'éternel renfrogné, qui passait à côté d'une pièce d'or sans la voir, éprouver des sentiments bons ? Ça ne m'amuse pas, ça me ressuscite. J'ai envie d'aller baiser les pieds à cette femme qui, en l'espace d'une nuit, a réveillé tant de sensibilité en toi. Elle doit être une sainte. Ou bien une fée.

— C'est ce que je me suis dit la première fois que je l'ai vue.

— Alors pourquoi l'a-t-on condamnée à mort ?

Atiq sursaute. Visiblement, il ne s'était pas posé la question. Il dodeline de la tête et marmonne :

— Je refuse de la croire capable d'agissements répréhensibles. Ça ne lui ressemble guère. Il y a sûrement une erreur.

— Et elle, que raconte-t-elle ?

— Je ne lui ai pas parlé.

— Pourquoi ?

— Ça ne se fait pas. J'ai hébergé de nombreuses condamnées, certaines plusieurs jours. On n'a pas échangé un traître mot. C'est comme si personne n'était là pour l'autre ; on s'ignorait absolument, elles dans leur cellule, moi dans mon trou. Même les larmes ne servent à rien lorsqu'une peine capitale est prononcée. Dans ces cas-là, il n'y a pas mieux que la prison pour se recueillir. Alors, on se tait. Particulièrement la veille d'une exécution.

Mussarat saisit la main de son époux, la serre contre sa poitrine. Étrangement, le geôlier se laisse faire. Peut-être ne s'en rend-il pas compte. Son regard est lointain, son souffle intense.

— Aujourd'hui, je me sens d'attaque, dit-elle, revigorée par les couleurs sur le visage de son mari. Si tu veux, je peux lui préparer quelque chose à manger.

— Tu ferais ça pour elle ?

— Je ferais n'importe quoi pour toi.

13

La détenue repousse le plateau et s'essuie délicatement la bouche avec un bout de torchon. Sa manière de frotter le coin de ses lèvres dénote un rang social désormais aboli ; elle a de la classe et, à coup sûr, de l'instruction. Atiq la détaille en faisant mine de scruter les lignes de sa main. Il ne veut rien manquer de ses gestes, de ses expressions, de sa façon de manger, de boire, de prendre et de reposer les objets autour d'elle. Pour lui, il n'y a pas de doute, cette femme a été riche et distinguée, a porté de la soie et des bijoux, s'est encensée de parfums faramineux et a malmené le cœur d'innombrables prétendants ; son visage a rayonné sur des idylles fulminantes et son sourire a apaisé bien des infortunes. Comment en est-elle arrivée là ? Quel vent misérable l'a bousculée dans ce cachot, elle qui semble apprivoiser dans son regard les lumières du monde entier ?

Elle lève les yeux sur lui. Il se détourne vite, la poitrine assiégée d'oppressions insondables. Lorsqu'il revient sur elle, il la surprend en train de le dévisager, un petit sourire énigmatique sur les lèvres. Pour surmonter la gêne qui le gagne, il lui demande si elle a encore faim. Elle fait non de la tête. Il se souvient des baies sur son bureau, n'ose pas aller les chercher. En vérité, il ne *veut* pas s'absenter une seconde. Il est *bien* où il est, de l'autre côté des barreaux et, en même temps, si proche d'elle qu'il a l'impression de percevoir les battements de son pouls.

Le sourire de la femme ne s'estompe pas. Il flotte sur son visage comme l'ébauche d'un songe. Sourit-elle vraiment ou est-ce lui qui divague ? Elle n'a pas dit un mot depuis qu'on l'a enfermée. Elle se calfeutre dans son *exil*, silencieuse et digne, ne trahissant ni angoisse ni tourment. On dirait qu'elle attend que le jour se lève pour partir avec lui, sans bruit. La fatale échéance, qui plane sur ses prières avec la patience du couperet, n'étend pas son ombre pernicieuse jusque dans ses pensées. Elle paraît inexpugnable dans son martyre.

— C'est mon épouse qui vous a préparé à manger, dit Atiq.

— Vous avez beaucoup de chance.

Quelle voix ! Atiq en déglutit. Il attend qu'elle s'étale sur le sujet, qu'elle dise un peu ce drame qui la ronge de l'intérieur. En vain.

Après un long silence, il s'entend grogner :

— Il méritait de mourir.

Puis, avec plus d'adhésion :

— J'en mettrais ma main au feu. Quelqu'un qui ne se rend pas compte de la chance qu'il a n'a droit à aucune sympathie.

Sa pomme d'Adam lui racle la gorge lorsqu'il ajoute :

— Je suis certain que c'était une brute. De la pire espèce. Imbue de sa personne. Il ne pouvait pas être autrement. Quand on ne se rend pas compte de sa chance, c'est qu'on ne la mérite pas, forcément.

Les épaules de la détenue se crispent.

Atiq hausse le ton au fur et à mesure que ses propos se rattrapent.

— Il vous brutalisait, n'est-ce pas ? Pour un oui ou

pour un non, il retroussait ses manches et s'acharnait sur vous.

Elle relève la tête. Ses yeux rappellent des joyaux ; son sourire s'est accentué, triste et sublime à la fois.

— Il vous a poussée à bout, c'est ça ? Il était devenu insupportable...

— Il était merveilleux, laisse-t-elle entendre d'une voix sereine. C'est moi qui ne me rendais pas compte de ma chance.

Atiq est surexcité. Il ne tient pas en place. Rentré plus tôt que prévu, il n'arrête pas d'arpenter le patio, de lever les yeux au ciel et de soliloquer.

Assise sur sa paillasse, Mussarat l'observe sans mot dire. Cette histoire commence à la tracasser. Atiq n'est plus lui-même depuis qu'on lui a confié la prisonnière.

— Qu'est-ce qu'il y a ? lui hurle-t-il. Pourquoi me regardes-tu comme ça ?

Mussarat ne juge pas prudent de lui répondre, encore moins de le calmer. Atiq a l'air de n'attendre que cela pour lui sauter dessus. Son regard est chargé de foudres et ses poings sont blancs aux jointures.

Il s'approche d'elle, une sécrétion laiteuse aux coins de sa bouche :

— Tu as dit quelque chose ?

Elle fait non de la tête.

Il porte ses mains à ses hanches, se retourne vers la cour ensuite, grimaçant de fureur, il cogne sur le mur et rugit :

— C'était un stupide accident. Ça peut arriver à n'importe qui. C'est quelque chose qu'on ne peut pas prévoir, qui vous prend au dépourvu. Son mari a glissé sur un carafon et sa tête a heurté mortellement le sol. C'est aussi simple que ça. C'est dramatique, c'est vrai, mais c'est un accident. Elle n'y est pour rien, la malheureuse. Il faut que les *qâzi* se rendent compte qu'ils ont condamné à tort une victime. On n'a pas le droit d'envoyer un innocent au casse-pipe simplement parce qu'il a fait l'objet d'un accident. Cette femme n'a pas tué son mari. Elle n'a tué personne.

Mussarat l'approuve de la tête. Craintivement. Perdu dans ses ressentiments, Atiq ne le remarque même pas.

— Il faut que j'en touche deux mots à Qassim, dit-il au bout d'un long monologue. Il a des entrées en haut lieu, des amis influents sur la place. On l'écoutera. Il n'est pas question de livrer au bourreau une innocente à cause d'un malentendu.

— Mais qu'est-ce que tu racontes ? s'indigne Qassim Abul Jabbar qui n'a pas apprécié qu'Atiq vienne le déranger chez lui pour des niaiseries. Cette chienne enragée a été jugée et condamnée. Elle sera exécutée dans trois jours, au stade, devant de prestigieux convives. Elle est la seule femme programmée à la cérémonie. Même si elle était innocente, personne ne pourrait rien pour elle. Or, elle est coupable.

— Elle est innocente...

— Qu'en sais-tu ?

— Elle me l'a dit.

— Et tu l'as crue ?

— Pourquoi pas ?

— Parce qu'elle t'a menti. Ce n'est qu'une fieffée menteuse, Atiq. Elle se joue de ton affabilité. Ne te fais pas le défenseur d'une criminelle dont tu ne connais pas grand-chose. Tu as suffisamment de soucis comme ça.

— Elle n'a tué personne...

— Ses voisins ont témoigné contre elle. Ils ont été catégoriques. Cette garce menait un train d'enfer à son mari. Elle n'arrêtait pas de le chasser hors de chez lui. Les *qâzi* n'ont même pas eu besoin de délibérer... (Il le saisit par les épaules et le fixe droit dans les yeux.)

Atiq, mon pauvre Atiq, si tu ne te reprends pas en main au plus vite, tu vas finir par ne plus retrouver le chemin de ta maison. Oublie cette sorcière. Dans trois jours, elle rejoindra celles qui l'ont précédée, et une autre la remplacera. J'ignore comment elle a fait pour t'embobiner mais, à ta place, je tâcherais de ne pas me tromper sur la personne. C'est toi qui as besoin d'attention, pas elle. Je t'avais mis en garde, l'autre jour. Tu t'enfermes trop dans tes aigreurs, Atiq, que je t'ai signalé, fais gaffe, tu ne pourras plus t'en sortir après. Tu ne m'as pas écouté. Résultat, ça t'a fragilisé et il a suffi à une chienne malodorante de gémir pour te fendre l'âme. Laisse-la crever. Je t'assure qu'elle est à sa place là où elle est. Après tout, ce n'est qu'une femme.

Atiq est hors de lui. Happé par un tourbillon, il ne sait où donner de la tête ni quoi faire de ses mains lorsqu'il se surprend à pester contre le monde entier. Il ne comprend rien à rien. Il est quelqu'un d'autre, quelqu'un qui le déborde, le submerge, le moleste et sans lequel il se sentirait estropié. Que dire des tremblements qui le font grelotter à des heures caniculaires, des transpirations qui le rafraîchissent dans la minute qui suit ? Que dire de l'audace qui s'empare de lui chaque fois qu'il ose refuser le fait accompli, lui qui ne bougeait pas le petit doigt devant un drame qu'une simple chiquenaude aurait écarté ? Que dire de ce ressac impétueux qui le fait sortir de ses gonds quand son regard échoue contre celui de la détenue ? Jamais il ne s'était cru en mesure de partager la détresse d'une tierce personne. Sa vie durant s'est articulée autour de cette ambition : passer devant un supplicié sans s'attarder dessus, rentrer d'un cimetière sans revenir sur ses résolutions. Et d'un coup, le voici en train de prendre sur lui le sort d'une détenue que rien ne saurait soustraire à l'ombre du gibet. Atiq ne comprend pas pourquoi, tout d'un coup, son cœur bat à la place d'un autre, comment, du jour au lendemain, il a accepté que plus rien ne serait comme avant. Il s'attendait à trouver, auprès de Qassim Abdul Jabbar, un semblant d'indulgence susceptible de l'aider à solliciter les *qâzi* et à les amener à reconsidérer leur verdict. Qassim a été décevant. Impardonnable. Atiq l'a détesté en bloc. Entre eux deux, c'est fini. Aucun prêche, aucun gourou ne les réconcilierait. Qassim n'est qu'une brute. Il n'a pas plus de cœur qu'une massue, pas plus de pitié qu'un serpent. Il ressemble à son malheur. Il y crèvera. Ils y crèveront *tous*, sans exception. Les *qâzi* tapis dans leur vénérable monstruosité. Les énergumènes braillards, aux fébrilités obscènes, qui se préparent déjà à envahir le stade vendredi. Les prestigieux convives qui vont se délecter au gré des exécutions publiques, saluant l'application de la *charia* avec la même main qui chasse les mouches et balayant les dépouilles avec le même geste qui bénit le zèle grotesque des bourreaux. *Tous*. Y compris Kaboul la maudite qui apprend tous les jours à tuer et à *dévivre*, les liesses sur cette terre étant devenues aussi atroces que les lynchages.

— Je ne les laisserai pas l'assassiner, s'insurge-t-il de retour chez lui.

— Pourquoi te mets-tu dans cet état ? l'admoneste Mussarat. Elle n'est ni la première ni la dernière. Ce que tu fais est insensé. Il faut te ressaisir.

— Je ne veux pas me ressaisir.

— Tu es en train de t'infliger un mal inutile. Regarde-toi. On dirait que tu vas devenir fou.

Atiq la menace du doigt :

— Je t'interdis de me traiter de fou.

— Alors, ressaisis-toi, et tout de suite, proteste Mussarat. Tu te conduis comme quelqu'un qui ne sait plus où il en est. Le pire est que tu redoubles de férocité quand on essaye de te raisonner.

Atiq la saisit par le cou et l'écrase contre le mur :

— Arrête de jacasser, vieille mégère. Je ne supporte plus le son de ta voix, ni l'odeur de ton corps...

Il la relâche.

Surprise par la violence de son époux et achevée par ses propos, Mussarat s'affaisse par terre, les mains autour de sa gorge meurtrie, les yeux exorbités d'incrédulité.

Atiq esquisse un geste excédé, ramasse son turban et sa cravache et sort dans la rue.

Il y a un monde fou à la mosquée ; les mendiants et les invalides de la guerre se disputent âprement les recoins du sanctuaire. Atiq crache par-dessus son épaule tant le spectacle le dégoûte et décide de s'acquitter de sa prière ailleurs. Plus loin, il rencontre Mirza Shah se dépêchant de se joindre aux fidèles avant l'appel du muezzin. Il passe devant lui sans lui accorder d'attention. Mirza Shah s'arrête, se retourne pour suivre du regard son vieil ami et se gratte longtemps sous le turban avant de poursuivre son chemin. Atiq marche droit devant lui, les yeux plissés, le pas agressif. Il traverse les chaussées sans regarder à droite et à gauche, indifférent aux klaxons et aux cris des charretiers. Quelqu'un le hèle à partir d'un estaminet ; il ne l'entend pas. Atiq n'entendrait pas l'orage tonitruer par-dessus sa tête. Il n'écoute que le sang battre à ses tempes, ne voit que les méandres de ses furies en train de sécréter leur noirceur dans son esprit : Qassim ne faisant pas cas de son émoi, Mussarat ne devinant pas son chagrin, le ciel se voilant la face, les ruines lui tournant le dos, les badauds se préparant à envahir le stade, les taliban se pavanant sur les artères, les mollahs haranguant les foules le doigt aussi mortel que le sabre...

En claquant la porte de la prison derrière lui, les rumeurs qui le pourchassaient s'estompent. D'un coup, l'abîme est là, et le silence aussi profond qu'une chute. Que lui arrive-t-il ? Pourquoi ne rouvre-t-il pas la porte pour laisser les bruits, les lumières crépusculaires, les odeurs, la poussière le rejoindre ? Le dos voûté, haletant, il arpente de long en large le couloir. Sa cravache lui échappe ; il ne la ramasse pas. Il marche, marche, la barbe dans le creux du cou, les mains derrière le dos. Soudain, il se rabat sur la porte de la cellule et l'ouvre avec hargne.

Zunaira s'abrite derrière ses bras, effarouchée par la violence du geôlier.

— Allez-vous-en, lui dit-il... La nuit va bientôt tomber. Profitez-en pour couvrir votre course et allez le plus loin possible hors de cette ville de cinglés. Courez de toutes vos forces et, surtout, ne vous retournez pas quoi qu'il advienne, sinon vous subirez le sort de la femme de Loth.

Zunaira ne voit pas où le gardien veut en venir. Elle se recroqueville dans sa couverture, croyant son heure arrivée.

— Allez-vous-en, la supplie Atiq... Partez, ne restez pas là. Je leur dirai que c'est ma faute, que j'ai dû mal cadenasser les chaînes. Je suis pashtoun comme eux. Ils pesteront contre moi, mais ne me feront pas de mal.

— Qu'est-ce qui se passe ?

— Ne me regardez pas comme ça. Ramassez votre tchadri et sortez...

— Pour aller où ?

— N'importe où, mais ne restez pas là.

Elle dodeline de la tête. Ses mains vont chercher très loin, sous la couverture, quelque chose qu'elles ne dévoileront pas.

— Non, dit-elle. J'ai déjà brisé un ménage, je n'en gâcherai pas d'autres.

— Le pire qui pourrait m'arriver est d'être mis à

pied. C'est bien le cadet de mes soucis. Allez-vous-en maintenant.

— Je n'ai pas où aller. Les miens sont morts ou bien portés disparus. Le dernier lien qui me restait s'est volatilisé par ma faute. C'était une lueur, j'ai soufflé dessus un peu fort pour en faire une torche et je l'ai éteinte. Plus rien ne me retient. J'ai hâte de m'en aller, mais pas comme vous me le proposez.

— Je ne les laisserai pas vous tuer.

— Nous avons tous été tués. Il y a si longtemps que nous l'avons oublié.

14

Les jours passent, pachydermes indolents. Atiq ballotte entre l'incomplétude et l'éternité. Les heures s'effacent plus vite que les flammèches ; les nuits se veulent aussi infinies que les supplices. Suspendu entre les deux mesures, il ne demande qu'à s'écarteler, malheureux à perdre la raison. Aucun endroit ne parvient à le contenir. On le voit errer dans les ruelles, les yeux hagards, le front raviné d'ornières implacables. En prison, n'osant plus se hasarder dans le couloir, il s'enferme dans son box et se retranche derrière le Coran. Au bout de quelques chapitres, suffoquant et laminé, il sort à l'air libre traverser les foules tel un spectre les ténèbres. Mussarat ne sait quoi faire pour lui venir en aide. À peine de retour à la maison, il se retire dans la chambre et là, assis devant un petit chevalet de lecture, il ânonne des versets sans arrêt. Lorsqu'elle va le voir, elle le trouve enfoui dans son tourment, les mains sur les oreilles et la voix chevrotante, à deux doigts de s'évanouir. Elle s'assoit en face de lui et, la *fatiha* tournée au ciel, elle prie. Dès qu'il se rend compte de sa présence, il referme sèchement le Saint Livre et regagne la rue. Pour rentrer un peu plus tard, la figure violacée et le souffle en perdition. Il ne mange presque plus, ne ferme pas l'œil de la nuit, partagé entre la prison où il ne reste que peu de temps et sa chambre qu'il déserte avant d'y pénétrer. Mussarat est tellement consternée par l'état de son époux qu'elle en oublie le mal qui la taillade. Lorsque Atiq tarde à rentrer, des idées horribles l'assiègent. Quelque chose lui dit que le geôlier n'a plus toute sa tête, qu'un malheur est vite arrivé.

Un soir, elle le rejoint dans la pièce, lui arrache presque le chevalet pour qu'il n'y ait rien entre eux deux et, avec fermeté, elle le prend par les poignets et le secoue.

— Reprends-toi, Atiq.

Et Atiq hébété :

— Je lui ai ouvert la porte toute grande et je lui ai dit de s'en aller. Elle a refusé de quitter sa cellule.

— C'est parce qu'elle sait, contrairement à toi, qu'on n'échappe pas à son destin. Elle a accepté son sort et s'en accommode. C'est toi qui refuses de regarder les choses en face.

— Elle n'a tué personne, Mussarat. Je ne veux pas qu'elle paie pour une faute qu'elle n'a pas commise.

— Tu en as vu d'autres mourir avant elle.

— C'est la preuve qu'on ne peut pas se familiariser avec tout. Je suis en colère contre moi, et en colère contre l'univers. Comment peut-on accepter de mourir simplement parce que des *qâzi* expéditifs l'ont décidé ? C'est absurde. Si elle n'a plus la force de lutter, je m'interdis de baisser les bras. Elle est si jeune, si belle... si resplendissante de vie. Pourquoi ne s'en est-elle pas allée lorsque je lui ai ouvert la porte toute grande ?

Mussarat lui relève le menton, tendrement, laisse sa main fourrager dans la barbe ébouriffée.

— Et toi, honnêtement – regarde-moi, s'il te plaît et dis-moi – en ton âme et conscience, l'aurais-tu laissée partir ?

Atiq frissonne. Ses yeux brasillent d'une souffrance intenable.

— Puisque je t'ai dit que je lui ai ouvert la porte toute grande.

— J'ai entendu, mais toi, l'aurais-tu laissée s'en aller ?

— Bien sûr...

— Tu l'aurais regardée s'éloigner dans la nuit, sans lui courir après ? Tu aurais accepté qu'elle disparaisse pour toujours, que tu ne la revoies jamais plus ?

Atiq fléchit ; sa barbe pèse lourdement dans la paume vacillante de son épouse. Mussarat continue de lui caresser la joue.

— Je ne pense pas, lui dit-elle.

— Alors explique-moi, gémit-il. Pour l'amour du prophète, dis-moi ce qu'il m'arrive.

— Ce qui peut arriver de meilleur à un être.

Atiq redresse la tête, si fort que ses épaules en frémissent :

— Quoi au juste, Mussarat, je veux comprendre ?

Elle lui prend la figure à deux mains. Ce qu'elle lit dans son regard l'achève. Un frisson la traverse de part et d'autre. Elle tente de lutter, en vain ; deux grosses larmes perlent à ses paupières puis roulent sur son visage et atteignent son menton avant qu'elle ait le temps de les retenir.

— Je crois que tu as enfin trouvé ta voie, Atiq, mon époux. Le jour se lève en toi. Ce qu'il t'arrive, les rois et les saints te l'envieraient. Ton cœur renaît. Je ne peux pas t'expliquer. C'est d'ailleurs mieux ainsi. Ce genre de phénomène doit se vivre sans s'expliquer. Parce qu'on n'a rien à craindre de lui.

— Que dois-je faire ?

— Retourne auprès d'elle. Avant de lui ouvrir la porte, ouvre-lui ton cœur et laisse-le lui parler. Elle l'écoutera. Et elle te suivra. Prends-la par la main et partez tous les deux le plus loin possible sans vous retourner.

— C'est toi qui me demandes de partir, Mussarat ?

— Je me jetterais à tes pieds pour t'en convaincre. Personne n'a le droit de gâcher ce qui peut arriver de meilleur à un être, même s'il doit en pâtir le restant de sa vie. Ce sont des instants si rares qu'ils en deviennent sacrés.

— Je ne t'abandonnerai pas.

— Je n'en doute pas. Mais la question n'est pas là. Cette femme a besoin de toi. Sa vie dépend de ton choix. Depuis que tu l'as vue, tes yeux rayonnent. Elle illumine ton intérieur. Quelqu'un d'autre, à ta place, serait en train de chanter à tue-tête sur les toits. Si tu ne chantes pas, Atiq, c'est parce qu'on ne te l'a pas appris. Tu es heureux, mais tu l'ignores. Ton bonheur te déborde, et tu ne sais comment t'en réjouir. Toute ta vie, tu n'as écouté que les autres ; tes maîtres et tes gourous, tes chefs et tes démons qui te parlaient de guerre, de fiel et d'affronts. Tes oreilles en dégoulinent ; tes mains en tremblent. C'est pourquoi tu as peur d'écouter ton cœur aujourd'hui, de saisir la chance qui, enfin, te sourit. Sous d'autres cieux, ton désarroi attendrirait la ville entière. Mais Kaboul ne comprend pas grand-chose à ce genre de désarroi. C'est parce qu'elle a renoncé à lui que rien ne lui réussit, ni les joies ni les peines... Atiq mon époux, mon homme, tu es béni. Écoute ton cœur. Il est le seul à te parler de toi-même, le seul à détenir la vérité vraie. Sa raison est plus forte que toutes les raisons du monde. Fais-lui confiance, laisse-le guider tes pas. Et surtout n'aie pas peur. Puisque de tous les hommes, ce soir, tu es celui qui AIME...

Atiq se met à trembler.

Mussarat lui reprend la figure et le supplie :

— Retourne auprès d'elle. Il est encore temps. Avec un peu de chance, vous serez de l'autre côté de la montagne avant le lever du jour.

— J'y pense depuis deux jours et deux nuits. Je ne suis pas sûr que ça soit une bonne initiative. Ils nous rattraperont et nous feront lapider. Je n'ai pas le droit de lui proposer de faux espoirs. Elle est si malheureuse et si fragile. Je tourne en rond dans les rues en ruminant mon plan d'évasion. Mais dès que je la vois, sereine dans son coin, toutes mes convictions s'émiettent. Alors, je ressors errer dans le quartier, reviens ici, mes projets à mes trousses, et là où je retrouve des forces je perds mes certitudes. Je suis complètement perdu, Mussarat, je ne veux pas qu'on *me la confisque*, tu comprends ? Je leur ai donné mes plus belles années, mes rêves les plus fous, ma chair et mon esprit...

Et, à la grande stupéfaction de son épouse, Atiq se cache derrière ses genoux, les épaules secouées de sanglots.

Atiq doit se préparer. Demain, Qassim Abdul Jabbar viendra chercher la détenue pour l'emmener là où les dieux et les anges ne se hasardent pas. Il se change dans sa chambre, serre fermement son turban. Ses gestes précis contrastent avec l'immobilité de son regard. Au bout de la pièce, Mussarat l'observe, la moitié de la figure dans la pénombre. Elle ne dit rien quand il passe à côté d'elle, ne bouge pas lorsqu'elle l'entend tirer sur le loquet et sortir dans la rue.

La lune est pleine. On voit clair et loin. Des grappes d'insomniaques encombrent le seuil des taudis ; leur baragouin excite les stridulations de la nuit. Derrière les murs, un bébé vagit ; sa petite voix monte lentement vers le ciel où des millions d'étoiles s'interpellent.

La prison se terre dans ses propres hantises. Atiq tend l'oreille, ne perçoit que le craquement des poutres écrasées de chaleur. Il allume la lampe tempête ; son ombre difforme se projette sur le plafond. Il s'assoit sur le lit de camp, face au couloir de la mort, se prend la tête à deux mains. Une fraction de seconde, le besoin d'aller voir comment va la détenue le tenaille ; il tient bon et reste assis. Son cœur bat à rompre. La sueur se ramifie sur son visage, suinte sur son dos ; il ne bouge pas. La voix de Mussarat lui traverse l'esprit : *Tu es en train de vivre les seuls moments dignes d'être vécus... En amour, même les fauves deviennent divins...* Atiq se recroqueville autour de son chagrin, tente de le contenir. Rapidement, ses épaules se remettent à tressauter et un long gémissement l'oblige à s'agenouiller par terre. Il se prosterne, le front dans la poussière, et se met à réciter toutes les prières qui lui passent par la tête...

— Atiq...

Il se réveille, face contre sol. Il s'est assoupi pendant qu'il priait. Derrière lui, la fenêtre reflète les premières réverbérations de l'aurore.

Une femme en tchadri se tient devant lui.

— Quoi ? Les miliciennes sont déjà là ?

La femme retrousse sa cagoule grillagée.

C'est Mussarat.

Atiq se redresse d'un bond, regarde autour de lui.

— Comment tu as fait pour entrer ?

— J'ai trouvé la porte ouverte.

— Mon Dieu ! où avais-je la tête ? (Puis, recouvrant ses sens :) Que fais-tu ici ? Qu'est-ce que tu veux ?

— Un miracle s'est produit, cette nuit, lui dit-elle. Mes prières et les tiennes se sont jointes, et le Seigneur les a entendues. Je crois que tes vœux vont être exaucés.

— De quel miracle parles-tu ?

— J'ai vu des larmes couler de tes yeux. J'ai pensé : si ce que je vois est vrai, c'est que rien n'est tout à fait perdu. Toi, pleurer ? Même lorsque j'ai retiré les éclats d'obus de tes chairs, je n'ai pas réussi à t'arracher un cri. Longtemps, je m'étais faite à l'idée que ton cœur s'était fossilisé, que plus rien ne pourrait faire frémir ton âme ou te faire rêver. Je t'ai vu, jour après jour, devenir l'ombre de toi-même, aussi insensible à tes déconvenues qu'un rocher à l'érosion en train de l'effriter. La guerre est une monstruosité et ses enfants ont de qui tenir. Parce que les choses sont ainsi faites, j'ai accepté de partager ma vie avec quelqu'un qui n'ambitionnait que de courtiser la mort. Au moins, de cette façon, j'avais une raison de croire que mon échec n'était pas de mon ressort. Et puis, cette nuit, j'ai vu, de mes propres yeux, l'homme que je croyais irrécupérable se prendre la tête dans les mains et pleurer. J'ai dit, c'est la preuve qu'une lueur d'humanité subsiste encore en lui. Je suis venue souffler dessus jusqu'à ce qu'elle devienne plus vaste que le jour.

— Mais qu'est-ce que tu dis ?

— Que mon échec était bel et bien de mon ressort. Tu étais malheureux parce que je n'ai pas su donner un sens à ta vie. Si tes yeux ne parvenaient pas à rendre sincères tes sourires, c'est à cause de moi. Je ne t'ai offert ni enfants ni de quoi t'en consoler. Lorsque tu me prenais, tes bras cherchaient quelqu'un qu'ils n'ont jamais trouvé. Lorsque tu me regardais, des souvenirs tristes te rattrapaient. Je voyais bien que je n'étais qu'une ombre qui se substituait à ton ombre et j'en avais honte toutes les fois où tu te détournais. Je n'étais pas la femme que tu avais aimée, j'étais l'infirmière qui t'avait soigné et mis à l'abri et que tu as épousée en signe de gratitude.

— Ton mal a atteint ta raison, Mussarat. Retourne à la maison, maintenant.

— J'ai essayé d'être belle et désirable pour toi. Je souffrais de ne pouvoir y parvenir. Je suis de chair et de sang, Atiq ; je reçois de plein fouet chacun de tes soupirs. Que de fois je me suis surprise à humer tes vêtements comme une brebis la trace de son agneau qui s'est un peu éloigné du troupeau et qui tarde à revenir, que de fois j'ai péché en ne reconnaissant pas dans le sort la Sainte volonté. Je me demandais pourquoi c'était arrivé à toi, pourquoi c'était arrivé à moi, et jamais pourquoi c'était arrivé à nous.

— Que veux-tu au juste ?

— Qu'un miracle s'accomplisse. Quand j'ai vu les larmes jaillir de tes yeux, j'ai cru voir le ciel s'ouvrir sur ce qu'il a de plus beau. Et je me suis dit que la femme qui est capable d'un tel bouleversement ne doit pas mourir. Après ton départ, j'ai tâté l'endroit où tu te tenais en quête d'une larme oubliée. Je voulais m'y baigner, me laver des afflictions de ce monde. Je suis allée plus loin dans la toilette, Atiq.

— Je ne te comprends pas.

— Pourquoi chercher à comprendre ce qui constitue, en lui-même, une perplexité ? Chez nous, ce qui arrive se fait au détriment de ce qui s'en va. Il n'y a pas de mal à tolérer ce qu'on ne peut empêcher ; le malheur et le salut ne dépendent pas de nous. Ce que je veux dire est simple et pénible, mais il est nécessaire de l'admettre : c'est quoi la vie et c'est quoi la mort ? Les deux se valent, et les deux s'annulent.

Atiq recule lorsque Mussarat avance sur lui. Elle tente de lui prendre les mains ; il les replie dans son dos. La lumière de l'aube éclaire le visage de la femme. Mussarat est rassérénée. Jamais son visage n'a été aussi beau.

— Au pays des erreurs sans regrets, la grâce ou l'exécution ne sont pas l'aboutissement d'une délibération, mais l'expression d'une saute d'humeur. Tu lui diras que tu as plaidé sa cause auprès d'un mollah influent. Sans t'étendre sur le sujet. Elle n'a pas à savoir ce qui s'est passé. Bientôt, lorsqu'on viendra la chercher, enferme-la dans ton bureau. Je me glisserai dans sa cellule. Ce ne sera jamais qu'un tchadri se substituant à un autre. Personne ne se donnera la peine de vérifier l'identité de la personne qui est en dessous. Cela se passera sans encombre, tu verras.

— Tu es complètement folle.

— De toute façon, je suis condamnée. Dans quelques jours, au plus tard, dans quelques semaines, le mal qui me ronge finira par me terrasser. Je ne voudrais pas prolonger inutilement mon agonie.

Atiq est épouvanté. Il repousse son épouse et, les deux mains en avant, il la supplie de rester où elle est.

— Ce que tu dis n'a pas de sens.

— Tu sais très bien que je suis dans le vrai. C'est le Seigneur qui m'inspire : cette femme ne va pas mourir. Elle sera tout ce que je n'ai pas pu t'offrir. Tu ne peux pas mesurer combien je suis heureuse, ce matin. Morte, je serai plus utile que vivante. Je t'en supplie, ne fausse pas ce que la chance consent enfin à te fournir. Écoute-moi pour une fois...

15

Le 4 × 4 de Qassim Abdul Jabbar rugit en freinant
devant la maison d'arrêt, suivi de près par un petit bus,
chargé de femmes et d'enfants, qui préfère se ranger
de l'autre côté de la rue, comme pour se préserver des
sortilèges gravitant autour de la bâtisse maléfique. Atiq
Shaukat se glisse dans le couloir et s'adosse contre le
mur, les mains tremblantes écrasées sous le fessier, les
yeux par terre afin de ne pas trahir l'intensité de ses
émotions. Il a peur, et froid. Ses tripes s'entrelacent à
rompre dans des crissements incessants tandis que des
crampes lancinantes, parfois voraces, lui martyrisent
les jambes. Les battements de son sang résonnent sour-
dement dans ses tempes rappelant des coups de massue
à travers des galeries souterraines. Il crispe les
mâchoires et retient son souffle de plus en plus chaotique pour ne pas céder à la panique.

Qassim se racle la gorge dans la rue. C'est sa façon
à lui de s'annoncer. Ce matin, son gargouillis a quelque
chose de monstrueux. On entend claquer la ferraille,
puis des personnes mettre pied à terre. Des ombres
s'agitent sur le sol sur lequel ricoche une lumière violente. Deux miliciennes s'engouffrent dans la bâtisse
plongée dans une obscurité malsaine, glaciale et
humide malgré la fournaise naissante du jour. Elles
passent devant le geôlier, sans un mot, l'allure mar-
tiale, et se dirigent sur la cellule du fond. Qassim se

montre à son tour. Sa carrure de colosse s'encadre dans l'embrasure, accentuant la pénombre. Les poings sur les hanches, il secoue la tête à droite et à gauche, se contorsionne avec exagération et s'approche du gardien en feignant de s'intéresser à une lézarde au plafond.

— Relève la tête, guerrier. Ta nuque va se coincer et après tu ne pourras plus te regarder dans une glace convenablement.

Atiq acquiesce sans s'exécuter.

Les miliciennes reviennent, la prisonnière devant elles. Les deux hommes reculent pour les laisser passer. Qassim, qui surveille du coin de l'œil son ami, toussote dans son poing.

— C'est déjà fini, laisse-t-il entendre.

Atiq rentre d'un cran son cou, traversé par une multitude de frissons.

— Il faut que tu viennes avec moi, insiste Qassim. J'ai des choses à mettre au point avec toi.

— Je ne peux pas.

— Qu'est-ce qui t'en empêche ?

Le geôlier préférant garder le silence, Qassim regarde autour de lui et croit déceler une silhouette tapie dans un coin du box.

— Il y a quelqu'un dans ton bureau.

Atiq sent sa poitrine se contracter, étranglant net sa respiration :

— Mon épouse.

— Je parie qu'elle veut aller au stade.

— C'est ça, c'est juste... c'est tout à fait ça.

— Mes épouses et mes sœurs aussi. Elles m'ont contraint à réquisitionner le microbus qui est dehors. Eh bien, qu'à cela ne tienne. Dis-lui de les rejoindre. Tu la récupéreras à la sortie du stade. Quant à toi, tu vas venir avec moi. Il faut absolument que je te soumette un projet qui me tient à cœur.

Atiq s'embrouille. Il tente de réfléchir vite, mais la grosse voix de Qassim l'empêche de se concentrer :

— Qu'est-ce qu'il y a ? Tu me boudes ?

— Je ne te boude pas.

— Alors quoi ?

Pris au dépourvu, Atiq traîne vers son bureau, les yeux mi-clos pour essayer de remettre de l'ordre dans ses idées. Les choses se précipitent autour de lui, le dépassent, le bousculent. Il avait prévu une autre tournure, et rien de cela n'a abouti. Jamais le regard de Qassim ne lui a paru si précis et alerte. Il en transpire de partout. Un début de vertige appauvrit son souffle, cisaille ses jarrets. Il s'arrête dans l'embrasure, médite deux secondes en refermant la porte derrière lui. La femme assise sur le lit de camp le dévisage. Il ne distingue pas son regard, mais sa raideur accentue son malaise.

— Tu vois ? bredouille-t-il. Le ciel nous a entendus : tu es libre. L'homme, qui attend dehors, vient de le confirmer. Aucune charge n'est retenue contre toi. Tu peux rentrer chez toi dès aujourd'hui.

— Qui sont les femmes que j'ai vues passer dans le couloir ?

— C'est une prison pour femmes. Elles vont et viennent souvent par ici.

— On a ramené une prisonnière ?

— Ce n'est plus ton problème. La fenêtre d'hier est fermée, ouvrons celle de demain. Tu es libre. C'est ce qui compte.

— Je peux m'en aller maintenant ?

— Bien sûr. Mais avant, je vais t'emmener auprès d'autres femmes, dans un petit autocar qui s'impatiente dans la rue. Tu n'as pas besoin de leur dire qui tu es, ni d'où tu viens. Il ne faut pas qu'elles sachent... L'autocar vous déposera au stade où des cérémonies officielles sont en train de se dérouler.

— Je veux rentrer chez moi.

— Chut ! parle à voix basse.

— Je ne tiens pas à me rendre au stade.

— C'est obligé... Ce ne sera pas long. À la fin du meeting, je t'attendrai à la sortie et te mettrai à l'abri.

Dans le couloir, Qassim se racle la gorge pour signifier au geôlier qu'il est temps de partir.

Zunaira se lève. Atiq la conduit au bus et revient prendre place dans le 4 × 4 à côté de Qassim. Pas une fois, il n'a regardé les deux miliciennes et leur prisonnière qui se tiennent à l'arrière du véhicule.

Les diatribes des mollahs, diffusées par de nombreux haut-parleurs, retentissent à travers les ruines environnantes. Par intermittence, le stade vibre d'ovations et de clameurs hystériques. La foule continue d'affluer des quatre coins de la ville. Malgré les cordons renforcés du service d'ordre, une agitation débridée engrosse les alentours de l'arène. Qassim commence d'abord par orienter le petit bus sur une porte moins encombrée, fait descendre les femmes et les confie à des miliciennes pour les installer sur la tribune. Une fois tranquillisé, il remonte dans le 4 × 4 et fonce sur la pelouse où des taliban armés s'affairent avec un enthousiasme abusif. Les quelques corps se balançant çà et là au bout d'une corde témoignent que les exécutions publiques ont commencé. Dans les gradins saturés, les gens se coudoient ferme. Beaucoup sont là pour éviter les tracasseries ; ceux-là assistent aux horreurs sans rien manifester. D'autres, qui ont choisi de s'articuler le plus près possible de la tribune où se prélassent les dignitaires de l'apocalypse, font des pieds et des mains pour se faire remarquer ; leur jubilation outrancière, voire morbide, et leurs cris dissonants écœurent jusqu'aux gourous eux-mêmes. Atiq saute à terre et, figé devant le véhicule, il ne quitte pas des yeux l'endroit réservé aux femmes, croyant reconnaître Zunaira en chacune d'elles. Retranché au fin fond de son délire, le ventre aussi inextricable que la tête, il ne perçoit ni les applaudissements ni les prêches des mollahs. Il ne semble pas, non plus, voir les milliers de spectateurs qui peuplent les gradins de contingents fauves aux gueules plus insalubres que leurs barbes. Les prunelles incandescentes, il essaye de deviner où se tient sa protégée, reléguant le reste du monde au néant. Un remue-ménage se déclare sur une aile de l'arène, soulevant quelques ululements funestes. Des sbires bousculent un « maudit » vers son destin où un homme l'attend, couteau au poing. La séance ne dure que le temps de quelques gestes. L'homme ligoté est mis à genoux. Le couteau étincelle avant de lui trancher la gorge. Dans les gradins, des applaudissements sporadiques saluent la dextérité du bourreau. Le corps ensanglanté est balancé sur une civière ; au suivant ! Atiq est tellement concentré sur les rangées de tchadri qui le surplombent comme un rempart bleu qu'il ne voit pas les miliciennes s'emparer de leur prisonnière. Cette dernière marche jusqu'au milieu de la pelouse puis, escortée par deux hommes, elle se dirige sur l'emplacement qui lui est réservé. Une voix péremptoire la somme de s'agenouiller. Elle s'exécute et, levant une dernière fois les yeux derrière le masque grillagé, elle aperçoit Atiq qui lui tourne le dos, là-bas près du 4×4. Au moment où elle sent le canon du fusil lui effleurer l'arrière du crâne, elle prie le ciel pour que le geôlier ne se retourne pas. Le coup de feu part aussitôt, emportant dans son blasphème une prière inachevée.

Atiq ignore si les cérémonies ont duré quelques heures ou une éternité. Les brancardiers finissent d'entasser leurs cadavres sur la remorque d'un tracteur. Un prêche particulièrement percutant clôt les « festivités ».

Tout de suite, la pelouse est envahie par des milliers de fidèles pour la grande prière. Un mollah aux allures de sultan mène le rituel tandis que des sbires enragés pourchassent les retardataires. Dès le départ des convives prestigieux, des hordes pullulantes se constituent dans des ressacs farouches avant de converger vers les sorties. Des bousculades inouïes se déclenchent, si violentes que le service d'ordre est obligé de battre en retraite. Lorsque les tchadri se mettent à évacuer les gradins, Atiq rejoint un attroupement d'hommes au-dehors. Qassim est là, les mains sur les hanches, visiblement content de ses prestations. Il est convaincu que sa contribution au bon déroulement des exécutions publiques n'a pas échappé aux gourous. Il se voit déjà promu à la tête de la plus grande prison du pays.

Les premières femmes commencent à sortir du stade, vite récupérées par leurs hommes. Par groupuscules plus ou moins uniformes, elles s'éloignent, certaines encombrées de rejetons. Le brouhaha s'atténue au fur et à mesure que les alentours sont débarrassés de leurs hordes. La foule se dilue dans la poussière en remontant vers la ville, taillée en pièces par les camions des taliban qui se poursuivent dans un carrousel anarchique.

Qassim reconnaît son harem au cœur de la cohue ; de la tête, il lui indique le bus en attente au pied d'un arbre.

— Si tu veux, je peux vous déposer, ton épouse et toi, chez vous.

— Ce n'est pas la peine, lui dit Atiq.

— Le détour ne me dérangerait pas.

— J'ai des choses à faire en ville.

— Bon, c'est très bien. J'espère que tu vas réfléchir à mes propositions.

— Bien sûr...

Qassim le salue et se dépêche de rattraper ses femmes.

Atiq continue d'attendre la sienne. Autour de lui, l'attroupement rétrécit comme peau de chagrin. Bientôt, seule une petite grappe d'individus hirsutes lui tient encore compagnie quelques minutes avant de s'évanouir, à son tour, trimbalant dans son sillage le friselis des tchadri. Lorsque Atiq revient à lui, il se rend compte qu'il n'y a plus personne sur la place. Hormis le ciel chargé de poussière et le portail du stade grand ouvert, c'est le silence ; un silence misérable, profond comme un abîme. Atiq regarde autour de lui, incrédule, complètement désorienté ; il est bel et bien seul. Pris de panique, il se rue à l'intérieur de l'enceinte. La pelouse, les gradins, la tribune sont déserts. Refusant de l'admettre, il court vers l'endroit où se tenaient les femmes. Hormis les dalles navrantes de nudité, personne. Il retourne sur la pelouse et se met à courir tel un forcené. Le sol ondoie sous ses foulées. Les gradins désertés se mettent à tournoyer, vides, vides, vides. Un moment, la nausée le contraint de s'arrêter. Tout de suite, il reprend sa course éperdue tandis que sa respiration bourdonnante menace de submerger le stade, la ville, le pays entier. Abasourdi, terrifié, le cœur sur le point de lui jaillir de la gorge, il retourne au milieu de la pelouse, exactement là où une flaque de sang s'est coagulée et, la tête dans les mains, il scrute obstinément, une à une, les tribunes. Soudain, réalisant l'ampleur du silence, ses mollets cèdent, et il tombe à genoux. Son cri de bête foudroyée se déverse sur l'enceinte, aussi épouvantable que l'effondrement d'un titan : Zunaira !

Dans le ciel livide, les premières zébrures de la nuit s'appliquent à éteindre les ultimes foyers crépusculaires. Déjà, les unes après les autres, les lumières du jour se recroquevillent au faîte des gradins tandis que les ombres, sournoises et tentaculaires, étendent leurs écharpes par terre pour accueillir la nuit. Au loin, les rumeurs de la ville s'apaisent. Et dans le stade, qu'une brise repue de fantômes se prépare à hanter, les dalles se terrent dans un mutisme sépulcral. Atiq, qui a prié et attendu comme jamais auparavant, consent enfin à relever la tête. La misère affligeante de l'enceinte le rappelle à l'ordre ; il n'a plus rien à faire au milieu de ces murailles blafardes. S'appuyant d'une main contre le sol, il se lève. Ses jambes incertaines chavirent. Il hasarde un pas, puis deux, et parvient tant bien que mal à atteindre le portail. Dehors, le soir entasse ses noirceurs au pied des ruines. Des mendiants émergent de leur trou, la voix assez ensommeillée pour rendre la complainte convaincante. Plus loin, des gamins armés d'épées et de fusils en bois perpétuent les cérémonies de la matinée ; ils ont ligoté quelques camarades sur un square sinistré et s'apprêtent à les exécuter. Des oisifs vieillissants les observent en souriant, amusés et attendris par la vraisemblance des reconstitutions. Atiq va où l'emportent ses pas. Il a l'impression d'avancer sur un nuage. Dans sa bouche desséchée, un seul nom revient – Zunaira – inaudible, mais obsédant. Il passe devant la maison d'arrêt, ensuite devant la maison de Zanish. La nuit le rejoint au fond d'une venelle jalonnée de décombres. Des silhouettes évanescentes le traversent de part et d'autre. Lorsqu'il atteint sa maison, ses jambes le trahissent de nouveau et il s'affaisse dans le patio.

Étendu sur le dos, Atiq contemple la lune. Ce soir, elle est parfaitement ronde. On dirait une pomme argentée suspendue dans les airs. Quand il était petit, il passait de longs moments à la contempler. Assis sur un tertre, loin du taudis familial, il essayait de comprendre comment un astre aussi lourd pouvait flot-

ter dans l'espace et se demandait si des êtres semblables à ceux de son village y cultivaient des champs
et y faisaient paître leurs chèvres. Une fois, son père
était venu lui tenir compagnie. C'est ainsi qu'il lui
raconta le mystère de la lune. Ce n'est que le soleil,
lui dit-il, qui, après avoir plastronné le jour, aurait
poussé le zèle jusqu'à profaner les secrets de la nuit.
Et là, ce qu'il vit était tellement insoutenable qu'il en
perdit toutes ses ardeurs.

Longtemps Atiq avait cru à cette histoire.

Aujourd'hui encore, il ne peut s'empêcher d'y
croire. Qu'y a-t-il de si grave, de l'autre côté de la nuit,
pour que le soleil y laisse l'ensemble de ses couleurs ?

Rassemblant ses dernières forces, il traîne à l'intérieur de la maison. Son bras tâtonnant renverse la
lampe. Il n'allume pas. Il sait que la moindre lumière
lui crèverait les yeux. Ses doigts glissent sur le mur,
atteignent l'embrasure de la pièce qu'occupait son
épouse. Il cherche la paillasse, s'y laisse choir et là, la
gorge gonflée de sanglots, il s'empare de la couverture
et l'enlace à s'étouffer :

— Mussarat, ma pauvre Mussarat, que nous as-tu
fait ?

Il s'allonge sur le grabat, ramène ses genoux contre
son ventre et se fait tout petit, tout petit...

— Atiq...

Il sursaute.

Une femme est debout au milieu de la pièce. Son
tchadri opalescent scintille dans l'obscurité. Atiq est
comme éberlué. Il se frotte les yeux, énergiquement.
La femme ne s'évanouit pas. Elle se tient au même
endroit, flottant dans ses lumières imprécises.

— J'ai cru que tu étais partie pour de bon, que
jamais je ne te reverrais, bredouille-t-il en essayant de
se relever.

— Tu te trompais...

— Où étais-tu passée ? Je t'ai cherchée partout...

— Je n'étais pas loin... je me cachais.

— J'étais sur le point de devenir fou.

— Je suis là, maintenant.

Atiq s'accroche au mur pour se remettre sur pied. Il tremble comme une feuille. La femme écarte les bras.

— Viens, lui dit-elle.

Il court se blottir contre elle. Pareil à un enfant rendu à sa mère.

— Oh, Zunaira, Zunaira, que serais-je devenu sans toi ?

— La question ne se pose plus.

— J'ai eu si peur.

— C'est à cause du noir qui sévit ici.

— Je n'ai pas allumé exprès. Et je ne tiens pas à le faire. Ton visage m'éclairerait mieux que mille chandeliers. Enlève ta cagoule, s'il te plaît, et laisse-moi te rêver.

Elle recule d'un pas, et retrousse le haut de son tchadri. Atiq pousse un cri d'épouvante en se jetant en arrière. Ce n'est plus Zunaira ; c'est Mussarat, et elle a la moitié du visage arrachée par un coup de fusil.

Atiq se réveille en hurlant, les mains en avant pour repousser l'horreur. Les yeux exorbités et le corps en sueur, il lui faudra quelques instants pour comprendre qu'il s'agissait d'un cauchemar.

Dehors, le jour se lève, et les chagrins du monde aussi.

C'est un Atiq fantomatique qui échoue au cimetière de la ville. Sans turban et sans cravache. Le pantalon bas à peine retenue par une ceinture mal ajustée. Il n'avance pas vraiment, il se traîne, le regard révulsé, le pas accablé. Les lacets de ses savates impriment dans la poussière des arabesques reptiliennes ; sa chaussure droite s'est déchirée, exposant au soleil un orteil informe, à l'ongle cassé, auréolé d'une tache de sang. Il a dû glisser quelque part, car son flanc droit est maculé de boue, et il a le coude écorché. On dirait qu'il est ivre, qu'il ignore où il va. De temps à autre, il s'arrête pour s'appuyer contre un mur, l'échine ployée, les mains écrasées contre les genoux, chancelant entre l'envie de vomir et le besoin de reprendre son souffle. Sa figure sombre, qu'ombrage une barbe ébouriffée, est fripée tel un coing blet, avec un front haché et des paupières tuméfiées. Son malheur est criard ; son délabrement avancé. Les rares badauds qui passent devant lui le considèrent d'un air craintif ; certains effectuent de larges embardées pour l'éviter et les gamins qui jouent çà et là le surveillent de près. Atiq n'a pas conscience de l'effroi qu'il suscite. Sa tête lui pèse sur les épaules, ses gestes sont incohérents ; il voit vaguement l'entortillement des ruelles. Il n'a pas mangé depuis trois jours. Le jeûne et le chagrin l'ont dévitalisé. Aux coins de sa bouche, une salive laiteuse s'est desséchée ; il n'arrête pas de se moucher sur son poignet. Il lui faut se donner plusieurs coups de rein pour se décrocher du mur et continuer son chemin. Ses mollets grelottent sous sa carcasse avachie. À deux reprises, un groupe de taliban l'a arrêté, soupçonnant quelque état d'ébriété ; quelqu'un lui a même tapé dessus en le sommant de rentrer chez lui sans tarder. Atiq ne s'en est pas aperçu. À peine relâché, il a repris le chemin du cimetière, comme guidé par un appel inconnu.

Une famille, constituée de femmes en haillons et d'enfants aux frimousses bariolées de traînées de crasse, se recueille autour d'une tombe fraîche. Plus loin, un muletier tente de réparer la roue de sa charrette qu'une grosse pierre aurait délogée de son essieu. Quelques chiens efflanqués reniflent les sentiers, le museau terreux, les oreilles aux aguets. Atiq titube au milieu des monceaux de terre qui boursouflent le terrain vague d'ecchymoses craquelées, sans pierre tombale ni épitaphes ; juste des fossés recouverts de poussière et de cailloutis, creusés un peu n'importe comment, dans un fouillis alarmant qui ajoute à la tristesse des lieux une touche tragique. Atiq s'attarde sur les tombes décharnées, s'accroupit parfois pour les tâter du bout des doigts, puis il les enjambe ou bute dessus en marmottant. Au bout d'un détour, il se rend compte qu'il est incapable de reconnaître la dernière demeure de Mussarat puisqu'il ne sait même pas où elle se trouve. Il aperçoit un fossoyeur en train de mordre dans un morceau de viande séchée, de l'autre côté du carré, et va lui demander où est enterrée la femme exécutée publiquement la veille au stade de la cité. Le fossoyeur lui montre un amas de poussière à un jet de pierre et reprend son repas avec appétit.

Atiq s'écroule devant la tombe de son épouse. Se prend la tête à deux mains. Et reste ainsi jusque tard dans l'après-midi. Sans un mot. Sans un gémissement. Sans une prière. Intrigué, le fossoyeur vient vérifier si l'étrange visiteur est éveillé. Il lui signale que le soleil tape dur, et que s'il ne se met pas à l'abri, il risquera fort d'en pâtir. Atiq ne saisit pas ce qu'on lui reproche. Il continue de fixer la tombe de sa femme sans broncher. Puis, la tête crépitante, à moitié aveugle, il se relève et il quitte le cimetière sans se retourner. La main tantôt sur un mur, tantôt contre un arbuste, il erre au gré des venelles. C'est alors qu'une femme, sortant d'une mansarde, le dégrise presque. Elle porte un tchadri décoloré, aux basques trouées, et des souliers éculés. Atiq se met au milieu de la ruelle pour l'intercepter. La femme se déporte sur le côté ; Atiq l'attrape par le bras et tente de la retenir. D'une secousse, elle se libère de l'étreinte de l'homme et s'enfuit... *Zunaira*, lui dit-il, *Zunaira*... La femme s'arrête au bout de la venelle, le dévisage avec curiosité et s'éclipse. Atiq se hâte de la rattraper, le bras tendu comme s'il cherchait à s'emparer d'une volute de fumée. Dans une autre ruelle, il surprend une autre femme sur le seuil d'une ruine. Le voyant arriver, elle rentre et referme la porte derrière elle. Atiq se retourne et voit un tchadri jaune glisser vers la place du quartier. Il le suit, la main toujours tendue. *Zunaira, Zunaira*... Les enfants s'écartent sur son chemin, effrayés par cet homme échevelé, aux prunelles jaillissantes et aux lèvres bleues, qui semble traquer sa propre démence. Le tchadri jaune s'arrête à hauteur d'une maison. Atiq fonce sur lui, l'atteint juste au moment où une porte s'ouvre... *Où étais-tu passée ? Je t'ai attendue à la sortie du stade, comme il était convenu, et tu n'es pas venue vers moi*... Le tchadri jaune essaye de se soustraire aux serres qui le lacèrent... *Vous êtes fou. Lâchez-moi ou je vais crier... – Cette fois, je ne te laisserai plus seule, Zunaira. Si tu es incapable de me retrouver, je ne t'obligerai plus à me chercher... – Je ne suis pas Zunaira. Allez-vous-en, malheureux, sinon mes frères vont vous tuer... – Enlève ta cagoule. Je veux voir ton visage, ton beau visage de houri*... Le tchadri sacrifie un pan de son flanc et se volatilise. Des gamins, qui avaient assisté à la scène, ramassent des cailloux et se mettent à mitrailler le fou jusqu'à ce qu'il rebrousse chemin. La tempe éclatée par un projectile, le sang cascadant sur son oreille, Atiq se met à courir, à petits pas d'abord, ensuite, au fur et à mesure qu'il s'approche de la place, il allonge sa foulée, la respiration rauque, les narines fuyantes, la bouche effervescente d'écume. *Zunaira, Zunaira*, balbutie-t-il en bousculant les badauds à la recherche de tchadri. Soudain, pris de frénésie, il se met à traquer les femmes et – ô sacrilège – à leur retrousser le voile par-dessus la figure.

Zunaira, je sais que tu es là. Sors de ta cachette. Tu n'as rien à craindre. Personne ne te fera de mal. J'ai tout arrangé. Je ne laisserai personne t'importuner... Des cris indignés s'élèvent. Il ne les perçoit pas. Ses mains raflent les voiles, les arrachent avec hargne, renversant parfois les femmes piégées. Lorsque certaines lui résistent, il les projette sur le sol, les traîne dans la poussière et ne les relâche qu'après s'être assuré qu'il ne s'agit pas de celle qu'il réclame. Un premier coup de gourdin l'atteint à la nuque. Il n'en fléchit pas. Catapulté par une force surnaturelle, il poursuit sa course déchaînée. Bientôt, une foule scandalisée se déploie pour le contenir. Les femmes se dispersent en hurlant ; il parvient à s'emparer de quelques-unes, déchire leur accoutrement, leur relève la tête en les tirant par les cheveux. Au gourdin succèdent les fouets, puis les coups de poing et les coups de pied. Les hommes « déshonorés » piétinent leurs femmes pour se jeter sur le fou... *Incube ! suppôt de Satan !...* Atiq a le vague sentiment qu'une avalanche l'emporte. Mille savates dégringolent sur lui, mille bâtons, mille cravaches. *Dépravé ! Maudit !* Broyé par le tumulte, il s'effondre. Les meutes furieuses se précipitent sur lui pour le lyncher. Il a juste le temps de remarquer que sa chemise a disparu, déchiquetée par des doigts dévastateurs, que le sang ruisselle dru sur sa poitrine et sur ses bras, que ses sourcils éclatés l'empêchent de mesurer la colère irréversible qui l'assiège. Quelques bribes de vociférations se joignent aux multitudes de coups pour le maintenir au sol... *Il faut le pendre ; il faut le crucifier ; il faut le brûler vif...* Subitement, sa tête s'ébranle, et les alentours basculent dans le noir. S'ensuit un silence, grave et intense. En fermant les yeux, Atiq supplie ses ancêtres pour que son sommeil soit aussi impénétrable que les secrets de la nuit.

"La guerre aux diffamateurs"

Yasmina Khadra
L'imposture
des mots

(Pocket n°11743)

Après la parution de *L'écrivain*, où Yasmina Khadra dénonçait l'Algérie de l'intégrisme islamique et des massacres, l'ancien officier s'est retrouvé, par un incroyable retournement de situation, sur le banc des accusés. Le témoin révulsé de la barbarie en devenait un complice honteux, sinon un acteur. Yasmina Khadra s'exile alors en France avec sa famille. Sans aigreur ni amertume, l'écrivain s'explique avec humour, face à ses doutes de créateur et à la montée au créneau de ses détracteurs.

Il y a toujours un Pocket à découvrir

"Naissance d'un bourreau"

Yasmina Khadra
À quoi rêvent
les loups

(Pocket n°10979)

Alger, fin des années 80. Alfa Walid, jeune Algérois d'origine modeste, est employé comme chauffeur auprès de l'une des familles les plus riches et les plus influentes du pays. Une nuit, on le contraint sous la menace à faire disparaître le cadavre d'une adolescente...
À force de persuasion et d'intimidation, les islamistes intégristes parviennent à brouiller les repères de ce jeune homme vulnérable pour en faire un barbare capable des crimes les plus cruels.

Il y a toujours un Pocket à découvrir

"La plume et le fusil"

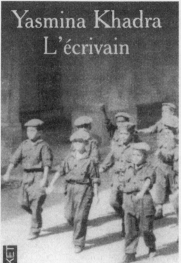

Yasmina Khadra
L'écrivain

Une enfance algérienne

(Pocket n°11485)

En 1964, l'Algérie est une jeune nation. Mohammed, neuf ans, confié par son père à l'école Nationale des Cadets de la Révolution, y reçoit une éducation spartiate faite de brimades, de discipline et de solitude. Vers onze ans, il découvre sa passion pour l'écriture, une vocation née au contact des contes. Toute sa vie va être une lutte pour reprendre en main son destin.

Cette autobiographie de Mohammed Moulessehoul, alias Yasmina Khadra, est un témoignage sur les malheurs d'une nation à peine remise de la guerre et qui dérive vers l'autoritarisme militaire.

Il y a toujours un Pocket à découvrir

Faites de nouvelles découvertes sur
www.pocket.fr

- Des 1ers chapitres à télécharger
- Les dernières parutions
- Toute l'actualité des auteurs
- Des jeux-concours

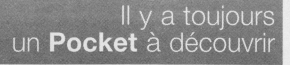

Photocomposition Nord Compo
59650 Villeneuve-d'Ascq

Impression réalisée par

C P I
Brodard & Taupin

52251 – La Flèche (Sarthe), le 06-05-2009
Dépôt légal : août 2004
Suite du premier tirage : mai 2009

POCKET – 12, avenue d'Italie - 75627 Paris cedex 13

Imprimé en France